FOLIO JUNIOR

Titre original : *How to Avoid Witches*

ROALD DAHL

COMMENT ÉCHAPPER AUX SORCIÈRES

Écrit par Kay Woodward

Illustrations de Quentin Blake

Traduit de l'anglais
par Marie Leymarie

GALLIMARD JEUNESSE

Sommaire

TOUT SUR LES SORCIÈRES

Tu crois sans doute que tu sais **TOUT** sur les sorcières. Tu crois, par exemple, qu'elles portent des chapeaux noirs et pointus, ainsi que de grandes capes noires. Qu'elles sont accompagnées d'un chat. Et que les sorcières du monde entier n'aiment rien tant que faire disparaître leurs ennemis dans un nuage de fumée.

C'est ça, non ?

Eh bien non, tu as **TOUT FAUX**. (Enfin, pas tout. Pour le nuage de fumée, je reconnais, c'est vrai.)

Mais la vérité, c'est que les sorcières ne sont PAS habillées en noir et qu'elles ne crient pas « Hé-hé-hé-hé ! » à tout bout de champ, histoire d'être sûres que tu les repères et que tu cries à pleins poumons « ÇA ALORS ! UNE SORCIÈRE ! ». Non. Elles ne sont pas si bêtes, loin de là. Et elles ont trouvé une sacrée ruse qui fait d'elles les créatures les plus difficiles à repérer de toute la planète*.

---

* À part les panthères et les professeurs, qui sont particulièrement doués pour ne pas se faire repérer avant de BONDIR SUR LEUR PROIE.

« Les VRAIES SORCIÈRES s'habillent normalement et ressemblent à la plupart des femmes. Elles vivent dans des maisons qui n'ont rien d'extraordinaire, et elles exercent des MÉTIERS TOUT À FAIT COURANTS. »

Argh.

Et ce n'est pas tout. Il y a encore une chose que tu dois savoir avant de tourner la page.

Les sorcières **HAÏSSENT** les enfants.

DEUX FOIS argh.

Crois-moi, tu n'as **VRAIMENT PAS** intérêt à croiser le chemin d'une sorcière. C'est pour cette raison que nous avons écrit ce livre : un guide absolument indispensable pour échapper aux sorcières. Il contient tout un tas de trucs et astuces, de conseils, d'informations cruciales tirées du roman *Sacrées sorcières* de Roald Dahl, des jeux et des bonus.

Quand tu tourneras la dernière page, tu seras capable de débusquer **TOUS** les pièges des sorcières.

Enfin, croisons les doigts, car ta vie en dépend peut-être.

LES VRAIES SORCIÈRES

« Maintenant, vous savez que votre voisine de palier peut être une sorcière. Ou bien la dame aux yeux brillants, assise en face de vous dans le bus, ce matin. Ou même cette femme au sourire éblouissant qui vous a offert un bonbon, au retour de l'école. »

DEVINE **QUELLE EST** LA VRAIE **SORCIÈRE**

Laquelle de ces femmes est une sorcière? C'est une question difficile, mais tous les enfants doivent savoir y répondre.

« Mmm », te dis-tu peut-être. « Il ne doit pas être **SI** difficile que ça, tout de même, de reconnaître une sorcière! Je donnerais ma main à couper que je suis capable d'identifier une sorcière dans une file de supermarché. »

Ah oui? Eh bien, prouve-le! Observe les trois femmes sur la page ci-contre. Lis toutes les informations les concernant. Tu peux même utiliser une loupe pour les examiner de près, si tu veux. Et ensuite, décide-toi : laquelle de ces femmes est une sorcière? Pas si facile...

Brenda est bibliothécaire.
Elle dévore trois romans par semaine (cinq quand elle est en vacances). Ses plats préférés? Les spaghettis bolognaise et le cheese-cake. Elle est allergique aux hamsters.

Eunice est ingénieure des travaux publics. Le week-end, elle sauve les chatons coincés dans les arbres. Elle n'aime rien tant que de se détendre dans un bon fauteuil avec un chocolat chaud et un sudoku.

Linda fait partie d'un club de peinture et d'un club de lecture. Elle aime porter des chaussures à paillettes et sort danser deux fois par semaine. Ses caramels mous ont remporté le premier prix lors d'une fête de village.

RÉPONSE

DÉMASQUÉES : Brenda, Eunice et Linda sont toutes des sorcières. Oui, vraiment. TOUTES LES TROIS.

COMMENT RECONNAÎTRE une SORCIÈRE

Les sorcières ont peut-être l'air de femmes normales, mais il est possible de les reconnaître au milieu d'une foule… si on sait ce qu'il faut observer ! Si tu prêtes attention à ces quelques détails, tu seras peut-être capable de repérer une sorcière* AVANT QU'ELLE NE T'AIT REPÉRÉ, TOI *(ce qui est crucial, parce qu'alors, tu auras le temps de fuir).

Emporte cette liste **partout** avec toi et entraîne-toi à repérer les sorcières. Rappelle-toi que certains de leurs signes particuliers sont aussi répandus chez les femmes ordinaires, c'est pourquoi il est si difficile de débusquer les vraies sorcières. En revanche, peu de femmes les cumulent **TOUS LES SIX**. Par conséquent, si tu as coché les six cases, il y a de fortes chances pour que la femme devant toi soit une sorcière.

☐ Les **YEUX** d'une sorcière sont très différents des nôtres. Leurs pupilles ne sont pas noires, elles changent de couleur en permanence (waouh).

☐ Les sorcières sont complètement chauves, aussi portent-elles des **PERRUQUES** pour cacher leur crâne nu. Attention, elles ne portent que des perruques de première qualité qui ressemblent à s'y méprendre à de vrais cheveux.

☐ Les sorcières ont des **NARINES LÉGÈREMENT PLUS GRANDES** que toi et moi. Le bord de leurs narines est rose et recourbé.

☐ Les sorcières n'ont **PAS D'ORTEILS**. Elles doivent cacher leurs larges pieds carrés dans de jolies chaussures bien trop étroites. Résultat, elles marchent en BOITILLANT.

☐ Les sorcières portent toujours des **GANTS**, même en plein été. En effet, elles n'ont pas d'ongles, mais de fines griffes recourbées, qu'elles veulent cacher (des griffes les rendraient un peu trop repérables, tu ne crois pas ?)

☐ Les sorcières ont les **DENTS LÉGÈREMENT BLEUTÉES** (tourne la page si tu veux découvrir pourquoi).

LE **DÉTAIL** QUI **TUE** : LA SALIVE BLEUE

Si les sorcières ont les dents teintées de bleu, c'est pour une **RAISON SIMPLE**. Ce n'est pas parce qu'elles passent leur temps à sucer une inusable boule de mammouth. Ce n'est pas non plus parce qu'elles ont dégusté une glace aux myrtilles. Et pas davantage parce qu'elles ont mâché le bout de leur feutre bleu (même si on leur a répété des millions de fois de ne pas le faire). Non, si les sorcières ont les dents légèrement bleutées, c'est parce que…

… elles ont la *salive* bleue.

Pour de vrai.
Ce n'est **pas** une blague.

SAIS-TU QUE... ?

Alors que ta salive est merveilleusement invisible, celle des sorcières est bleu myrtille* – un bleu tirant légèrement sur le mauve.

La salive bleue est une excellente encre. Les sorcières écrivent avec des porte-plumes à l'ancienne mais au lieu d'utiliser des bouteilles d'encre, elles lèchent tout simplement la plume.

Les sorcières ne crachent **JAMAIS**. Pourquoi feraient-elles une chose pareille ? Autant porter une pancarte qui clame : « **JE SUIS UNE VRAIE SORCIÈRE** ! »

* Une myrtille est une petite baie délicieuse, qui éclate dans la bouche quand on mord dedans. Les myrtilles sont exquises avec de la crème ou dans une tarte (ou dans ton ventre).

LA DEVISE DES SORCIÈRES

Es-tu prêt ? Accroche-toi.
Voici la devise qu'elles suivent à la lettre :

Un enfant par semaine,
cela représente cinquante-
deux enfants par an.
Un tour, deux tours
de moulinette, et hop !...
plus d'enfant !

Malheureusement, c'est vrai.
L'ennemi principal de la sorcière, c'est

TOI.

C'est pourquoi il faut que tu évites à tout prix de croiser le chemin d'une sorcière. Tu n'as pas envie d'être passé à la moulinette, j'imagine ? Encore moins de disparaître...

ÉCRIS TA PROPRE DEVISE (ANTI-SORCIÈRES) !

Feras-tu mieux que les sorcières ?
À ton tour d'essayer !

Sers-toi de la sinistre liste de mots ci-contre pour compléter la phrase et créer ainsi ta propre devise anti-sorcières.

1 ________ -les et

2 ________ -les jusqu'à ce qu'elles

3 ________

1

Secoue
Gifle
Tabasse
Ratatine
Étrille
Tords
Écrabouille
Frappe

2

Écrase
Pince
Cogne
Asperge
Pulvérise
Mouline
Essore
Torpille

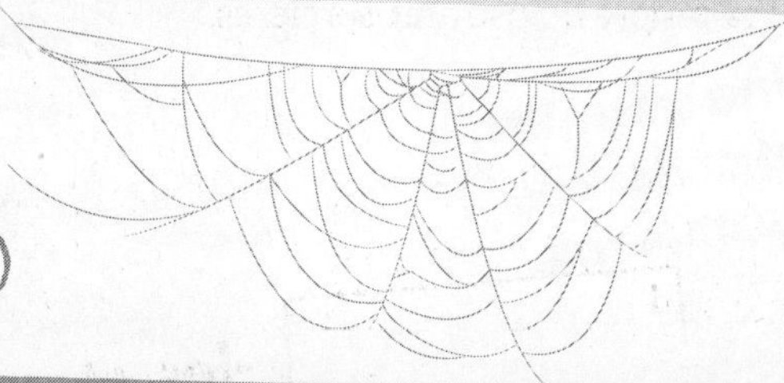

3

Se tortillent comme des vers.

Tremblent comme de la gelée.

Courent 10 km (à reculons).

Deviennent vertes comme des olives.

Dansent des claquettes pendant des semaines.

Fassent tes exos de maths.

EXPLOSENT !

Prennent leurs jambes à leur cou.

BLAGUES ATROCEMENT NULLES

Attention ! Ces blagues sont horribles… comme les sorcières !

Qu'est-ce qui a 4 dents et 120 jambes ?

Une réunion de vieilles sorcières.

Que dit une sorcière quand elle décroche son téléphone ?

Allô, wouine !

Avec quel animal une sorcière peut-elle deviner l'avenir ?

Avec une poule de cristal.

Pourquoi les sorcières volent-elles avec des balais ?

Parce qu'un aspirateur, c'est trop lourd.

Combien faut-il de sorcières pour changer une ampoule ?

Deux pour la tenir et une autre pour faire tourner la pièce.

Quel est le pain préféré des sorcières ?

La baguette.

LA GRANDISS SORCIÈRE

*« C'est leur chef, répondit Grand-mère.
La Grandissime Sorcière est
toute-puissante et sans pitié.
Toutes les sorcières sont paralysées
de peur en face d'elle. »*

ME

Fiche info :

LA GRANDISSIME SORCIÈRE

Profession : sorcière, évidemment.

Taille : minuscule – pas plus haute que trois pommes.

Âge : environ vingt-cinq ou vingt-six ans.

Tenue : robe noire très élégante, si longue qu'elle touche le sol (ou alors, c'est parce que la Grandissime Sorcière est trop petite).

Accessoires : gants noirs qui remontent jusqu'aux coudes.

Que penses-tu de la Grandissime Sorcière ? Tu ne la trouves pas **SI TERRIBLE** que ça ? Évalue-la sur ce **TROUILLOMÈTRE**.

Un peu flippante

Plutôt effrayante

En vrai,
la Grandissime
Sorcière ne ressemble
pas du tout à ça.
Elle est **BIEN PLUS TERRIFIANTE**...
Tourne la page
pour découvrir
ce que cache
son déguisement...

... MAIS SEULEMENT si tu as assez de courage.

À vous donner la chair de poule	Terriblement terrifiante	EFFROYABLEMENT EFFRAYANTE

LA GRANDISSIME SORCIÈRE… RETIRE SON MASQUE !

« Parfois, quand quelque chose est trop terrifiant, on se sent fasciné et l'on ne peut en détacher le regard. »

Ta-daaaaaaaaa… **Arrrrrghhhhh** !
GLOUPS.

N'est-elle pas EFFROYABLE ?

N'est-elle pas tout bonnement ÉPOUVANTABLE ?

N'est-ce pas, en un mot, la créature la plus ABOMINABLE que tu aies jamais vue ?

(au cas où tu aurais le moindre doute, la réponse à ces trois questions est **OUI**.)

Nous avons relevé certaines des caractéristiques les plus horribles de la Grandissime Sorcière, mais nous t'avons laissé de la place pour ajouter tes propres légendes. Veille à ce qu'elles soient le plus épouvantables possible. Il n'y a RIEN de sympathique chez la Grandissime Sorcière.

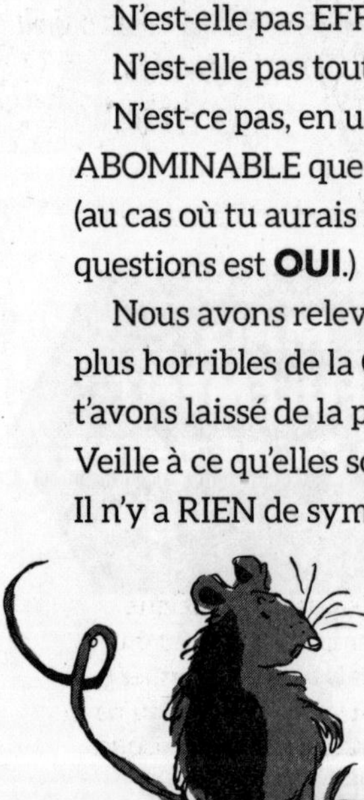

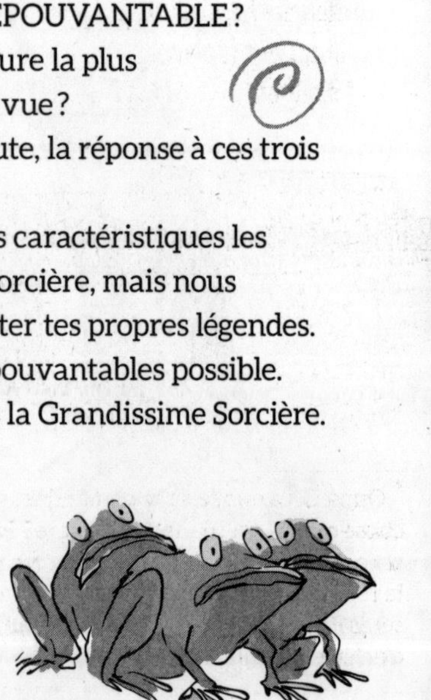

* Oups. On a oublié de te demander : serais-tu en train de grignoter quelque chose qui marine dans du vinaigre ? Par exemple, un cornichon croquant ou un petit oignon qui te fait pleurer les yeux ? Si oui, tu ferais bien de refermer le couvercle du bocal et de réserver ta gourmandise pour un moment où tu ne seras PAS en train de lire un livre sur la Grandissime Sorcière. Sinon, tu risques d'en être dégoûté à vie…

DICTIONNAIRE DES INSULTES DE LA GRANDISSIME SORCIÈRE

La Grandissime Sorcière ne fait jamais de compliments. Elle est bien trop méchante. Elle préfère passer son temps à abreuver son public d'insultes.

Stoupide gaffeuse

Une personne gaffeuse est quelqu'un de maladroit, qui met les pieds dans le plat. Alors, si elle est stupide en plus de ça…

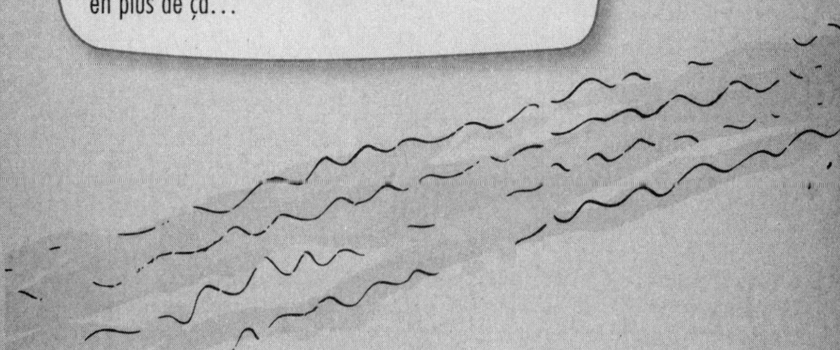

Étourrdie sans cerrvelle

On peut imaginer que quelqu'un qui n'a pas de cervelle ait quelques problèmes de mémoire…

De ma vie, je n'ai entendou une sorrcière aussi sotte

Et pourtant, la Grandissime Sorcière a déjà entendu beaucoup de sorcières sottes !

Oune idée lamentable

Synonyme de « déplorable ». Une assez mauvaise idée, pour résumer.

PETITE LEÇON DE **PRRONONCIATION**

Les plus observateurs d'entre vous ont tout de suite remarqué que la Grandissime Sorcière avait quelques tics de langage.

BIEN VU.

Elle adore rouler les « r ».

Si tu n'as jamais appris à rrouler les « r » (et si tu n'es pas la Grandissime Sorcière, c'est sans doute le cas), c'est très simple et cela ne demande qu'un peu d'entraînement (pas besoin de magie).

Voici comment faire :

1. Ouvre la bouche.
2. Lève la langue jusqu'à ce qu'elle touche presque le palais.
3. Prononce : « Errrrrr ».
4. Hourra ! Tu sais maintenant rrouler les « r ». C'est très proche du bruit que fait une voiture quand elle rroule sur du grravier.

B*RR*AVO !

Maintenant, entraîne-toi à répéter les mots de la Grandissime Sorcière à qui voudra bien t'écouter.

Erreur
Marron
Piège à sourris
Courrt
Se prrécipiter
Frrite comme oune frrite
Petits moutarrds pouants
Société rroyale pour la Prrotection de l'Enfance perrsécoutée

LE **DÉTAIL** QUI **TUE** :

INJURE OU FRITURE ?

Il arrive parfois que quelqu'un t'agace.
Quand cela arrive, comment réagis-tu ?

a) Tu pousses un soupir exaspéré.

b) Tu lèves les yeux au ciel en marmonnant :
Mais quel abruti…

c) Tu cries : « ARRÊTE TOUT DE SUITE, TRIPLE BUSE ! »

Si tu es la Grandissime Sorcière, il est probable que tu ne feras rien de tout ça. En revanche :

d) TU LE FAIS FRIRE COMME UNE FRITE.

Comment faire frire quelqu'un comme une frite (ou le cuire comme une carotte) ?

C'est très simple (si tu es la Grandissime Sorcière – sinon, c'est plus compliqué). Tu tends ton doigt ganté vers la personne qui t'a agacé, puis tu la FIXES DANS LES YEUX.

Frrrrrrrrrrrrrrrrris !

C'est le son que produit l'éclair d'étincelles qui jaillit des yeux de la Grandissime Sorcière en direction de sa cible. Les étincelles ressemblent à de la limaille incandescente. C'est assez joli (si on aime ce genre de chose).

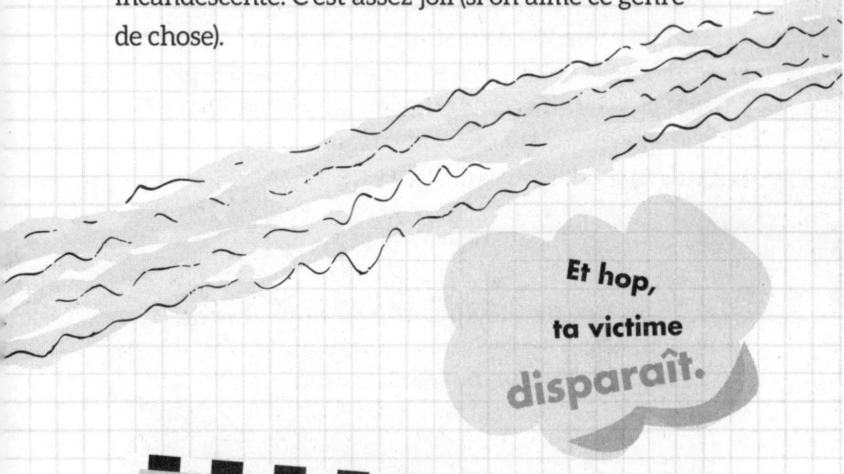

MISE EN GARDE : Frire quelqu'un produit un petit nuage de fumée et une odeur reconnaissable de viande grillée. Ne t'affole pas. C'est parfaitement normal, aucune raison de t'en faire. (Sauf si c'est toi qu'on a fait frire, bien sûr.)

GRANDISSIME ~~SORCIÈRE~~ QUIZ

Et TOI, es-tu aussi terrifiant que la Grandissime Sorcière ? Pour le savoir, réponds à ce petit quiz.

1 Es-tu assez grand pour…

a) Regarder par-dessus le rebord de la baignoire ?
b) Regarder ton prof de maths dans les yeux ?
c) Atteindre la boîte à gâteaux, dans le placard le plus haut de la cuisine, sans grimper sur ton petit frère ?

2 Si tu regardes quelqu'un d'un air fâché, est-ce qu'il…

a) Te regarde méchamment en retour ?
b) S'enfuit si vite qu'il franchit le mur du son ?
c) Disparaît dans un nuage de fumée ?

3 Quelle est ta soupe préférée ?

a) La soupe à la tomate
b) La soupe à la tortue
c) La soupe de petits pois

4 À quelle distance peux-tu envoyer un ballon de foot ?

a) 3,20 mètres

b) 10,40 mètres

c) Loin : il passe par-dessus la barrière et la serre du voisin, survole la route et le centre commercial, rebondit contre le mur de l'école... et te revient !

5 Si tu le pouvais, tu transformerais ton pire ennemi en :

a) Wombat

b) Inspecteur des impôts

c) Souris

Tourne la page pour découvrir à quel point tu es terrifiant...

GRANDISSIME ~~SORCIÈRE~~ RÉSULTAT

Compte combien de fois tu as répondu **a)**, **b)** et **c)** afin de te comparer à la Grandissime Sorcière.

a)

b)

c)

Si tu as une majorité de a)

Tu n'es pas effrayant pour deux sous. Soyons sérieux ! Certaines gerbilles sont plus terrifiantes que toi. Si tu envisages une carrière de Grandissime Sorcière, reconsidère la question. Tenir un magasin de jouets te conviendrait mieux.

Si tu as une majorité de b)

Tu fais un peu peur. Si tu te déguises en Grandissime Sorcière à Halloween, tu peux sans doute effrayer un enfant timide. Peut-être même arracher un petit cri à un adulte. Essaie…

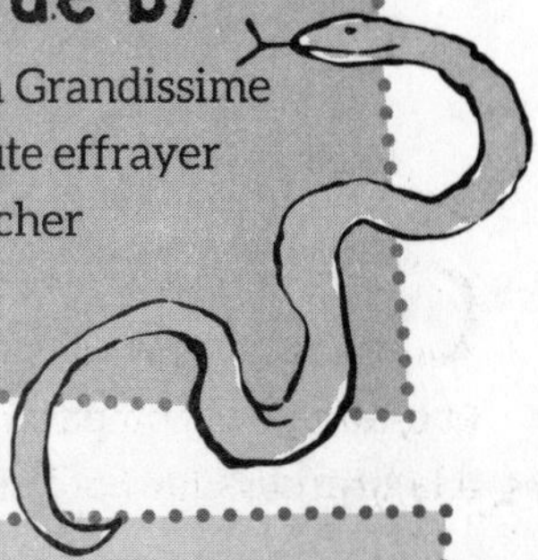

Si tu as une majorité de c)

Tu es si terrifiant que tu pourrais **être** la Grandissime Sorcière. Non, tu es sûr ? Tu as vérifié si tu avais des orteils ? Si tu n'avais pas des crochets derrière les oreilles pour fixer ton joli visage ? (Euh… non, en fait, ne vérifie pas. Imagine si c'est le cas ?!)

La Formule 86 POTION SOURIS

À RETARDEMENT

« Attention ! reprit la Grandissime Sorcière.
Maintenant, je vais vous donner
la rrecette pourr mijoter la potion
Sourris à rretarrdement. »

L'HEBDO DES SORCIÈRES :

Êtes-vous une sorcière* ?

En avez-vous par-dessus la tête de tous ces sales mômes qui font un BOUCAN d'enfer ? Voulez-vous débarrasser pour TOUJOURS le monde de cette horrible odeur de caca de chien ? Nous avons la solution !

LA FORMULE 86 POTION SOURIS À RETARDEMENT

* Ah, ah, quelle question ! Évidemment ! Sinon, vous ne liriez pas ce journal.

Cette puissante potion transforme petits et grands enfants en – oui, vous avez deviné – SOURIS. Neuf sorcières sur dix reconnaissent que les souris sont bien plus faciles à attraper que les enfants. Et elles ne sentent pas aussi mauvais. Vous voulez participer ? C'est l'occasion ou jamais ! Dessinez une étiquette pour notre toute nouvelle potion. Le gagnant recevra un voyage tous frais payés au pays d'origine de la sorcellerie… la **NORVÈGE** !

Conditions de participation : le concours est ouvert à toutes les sorcières de moins de 452 ans. Le voyage se fait en balai économique.

DE LA **POTION** AU PIÈGE À SOURIS

Je te présente Bruno Jenkins. Bruno a dévoré une barre de chocolat qui contenait une goutte de Formule 86 Potion Souris à Retardement. À 15 h 30 précises, le jour suivant, la potion commence à agir. Suis les flèches pour découvrir ce qui se passe ensuite !

« Ouille ! » s'écrie Bruno Jenkins. Il saute très haut dans les airs en battant des bras et en criant à pleins poumons. Il fait vraiment beaucoup de bruit.

C'est curieux. Est-ce une illusion d'optique ou Bruno Jenkins est-il en train de rapetisser ? Il est silencieux et parfaitement immobile. S'il jouait au jeu des statues, il gagnerait haut la main.

Ça alors ! Voilà qu'il lui pousse une queue. Et c'est clair qu'il devient de plus en plus petit…

Bruno Jenkins a maintenant des moustaches et quatre petites pattes.

Hum ! Bruno Jenkins ne ressemble plus trop à un garçon, pas vrai ? Il a vraiment beaucoup de poils…

Squiiiiiiiiiiiiiiiiiiiiiiiiik !

En vérité, on dirait bien que Bruno Jenkins est devenu un… petit…

SOURICEAU !

UNE CHANSON **MORTELLE**

Sa Majesté la Grandissime Sorcière du Monde entier, a écrit une chanson qui détaille son épouvantable plan d'éradication des enfants...

AVERTISSEMENT :
Si tu es IMPRESSIONNABLE ou ANXIEUX, ne lis surtout pas la chanson de la Grandissime Sorcière. Ne lis pas non plus si tu as des souris comme animaux familiers.

__À morrt__ les marrmots !
Faisons bouillirr la peau et les os !
En petits morrceaux les loupiots !
Offrrons-leurr des chocolats trrouqués
Et des bonbons ensorrcelés !
Gavons-les de gâteaux glouants,
Et qu'ils rrentrrent chez eux gaiment !

Ces petits crrétins, le lendemain,
Vont à l'école, ne se doutant de rrien.
Oune petite fille crrie : « C'est affrreux !
Rregardez tous ! J'ai oune queue ! »
Oun petit garrçon qui courrait dans la rroue :
« Au secourrs ! Je souis tout poilou ! »
Et oun autrre (tout le monde rrit) :
« J'ai des moustaches de sourris ! »
Un grrand gaillarrd tout'ahourri :
« Me voilà devenou petit ! »
Quatrre pattes, dou poil, des moustaches,
Voilà de drrôles de potaches !
Mais brrousquement, quelqu'un s'écrrie :
« Ils se sont changés en **SOURRIS** *! »*

Les petites bêtes entrrent dans leurrs classes
Et, mine de rrien, se mettent à leurr place.
Crris des malheurreux prrofesseurrs :
« Ciel ! Oune invasion de rrongeurrs ! »
Debout sourr les bourreaux, ils crrient :
« Tout, tout, mais pas de sourris !
Des sourricièrres, je vous prrie !
Avec dou grrouyèrre garrnies ! »
On apporrte les sourricièrres,
Les sourricièrres et le grrouyèrre.
Cliqueti-clac ! Clac ! Clac !
Les rressorrts cliquettent et claquent !
C'est le plus mélodieux des brruits.

Pourr oune sorrcièrre, quelle symphonie !
Les petits cadavrres des anciens marrmots
Forrment des piles de deux mètrres de haut !
Les maîtrresses cherrchent dans les coins :
« Où sont cachés les galopins ? »
L'heurre de la rrentrrée est passée !

Les maîtrresses sont désolées.
Elles s'assoient sourr oun banc
En attendant les garrnements…
Les maîtrres balaient les sourris
Sourr les trottoirrs.
Quelle histoirre !
Quant à nous, sorrcières,
Nous crrions : « Youpi !
ET SALOUT LA COMPAGNIE ! »

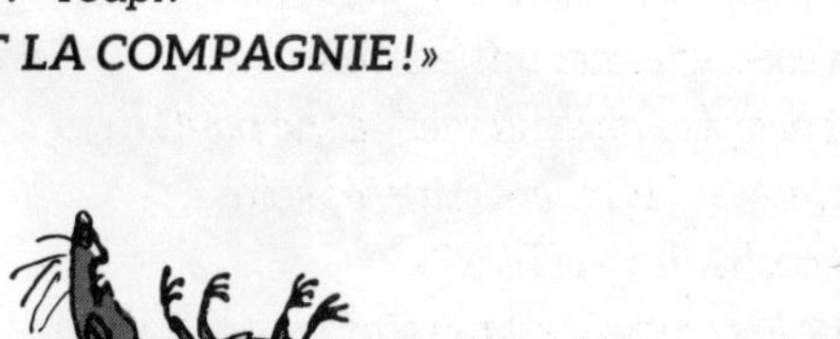

COMMENT ÉVITER

LA FORMULE 86 POTION SOURIS À RETARDEMENT

Tu n'as pas envie d'être transformé en souris*? On te comprend, ce n'est pas une vie qui convient à tout le monde. Alors, comment éviter que ça t'arrive? Ne t'inquiète pas!

Si tu suis ces quelques règles simples, tu as toutes les chances d'échapper au pire scénario jamais inventé par les sorcières (enfin, pas **toutes** les chances, mais au moins **85 %**).

1 Vu que les sorcières cachent la Formule 86 Potion Souris à Retardement dans de délicieux chocolats, le plus simple est de **NE PAS MANGER DE CHOCOLAT**. (Désolé. On sait que c'est dur, mais fais de ton mieux.)

* Si tu trouves les souris adorables et que ça ne te dérange pas de manger du fromage toute ta vie, ne tiens pas compte de ces PRÉCIEUX CONSEILS.

2 Si tu ne peux pas t'empêcher de manger du chocolat, teste-le d'abord sur des adultes que tu n'aimes pas. (Mais ne leur en donne qu'un petit bout, évidemment, garde l'essentiel pour toi.) Une fois que tu es sûr que le chocolat ne contient pas de Formule 86 Potion Souris à Retardement, tu peux manger le reste.

3 Planque ton chocolat dans un endroit sûr. Fais-le surveiller par un chien féroce et un système de caméras haute sécurité à plusieurs millions d'euros. Redouble de vigilance au moment de Pâques : imagine la quantité de Formule 86 Potion Souris à Retardement qui peut se cacher dans un œuf en chocolat…

> Psst ! Au cas où tu te transformerais malgré tout en souris, ANTICIPE. Parle à tes amis (pas aux adultes) des dernières méthodes d'éradication des rongeurs. Et convaincs tes parents de s'équiper en pièges à souris non mortels. Allez, dépêche-toi ! Tu n'as VRAIMENT pas envie de finir ta vie dans une tapette, si ?

UN PALAIS POUR SOURIS

Tu auras beau faire tous les efforts du monde pour éviter la Formule 86 Potion Souris à Retardement, il n'est pas impossible que ces satanées sorcières parviennent à t'en faire avaler d'une façon ou d'une autre.

Pourquoi ne pas construire dès aujourd'hui un Sensationnel Sanctuaire pour Souris, au cas où ? Comme ça, si jamais tu es transformé en souris… tu pourras emménager tout de suite ! Dessine **ICI** ta nouvelle maison.

Et n'oublie pas un super méga frigo à fromages. Aucune maison de souris digne de ce nom ne saurait s'en passer.

LE COIN DES RRECETTES :

FLAPJACKS AUX DEUX CHOCOLATS

N'aurais-tu pas envie de te régaler de délicieuses friandises au chocolat garanties sans Formule 86 Potion Souris à Retardement ?

Eh bien, c'est POSSIBLE !

Il suffit de les confectionner toi-même.

Tu as besoin de :

- 1 moule de 20 x 20 cm
- du papier sulfurisé
- 1 planche à découper
- 150 g de beurre
- 150 g de mélasse raffinée
- 150 g de cassonade
- 300 g de flocons d'avoine
- 50 g de chocolat noir
- 50 g de chocolat blanc

Demande à un adulte de t'aider !

Ce que tu dois faire :

1. Préchauffe le four à 150 °C
2. Tapisse le moule avec le papier sulfurisé.
3. Demande à un adulte de t'aider à faire fondre le beurre dans une grande casserole, à feu doux.
4. Ajoute la mélasse raffinée et la cassonade dans la casserole. Ne goûte surtout pas le mélange, parce qu'il sera **PLUS CHAUD QUE LA SURFACE DU SOLEIL** (ou presque).
5. Mélange jusqu'à ce que le sucre ait disparu, puis retire la casserole du feu et ajoute les flocons d'avoine.
6. Verse la pâte obtenue dans le moule.

La suite page suivante...

7. Fais-le cuire au four pendant 40 minutes.
8. Sors le moule du four (utilise des gants – mais pas des gants de sorcière !) et laisse ton chef-d'œuvre refroidir pendant 20 minutes, puis retourne-le sur une planche à découper. Fais-toi absolument aider d'un adulte pour cette étape.
9. Fais fondre le chocolat noir au four à micro-ondes : mets-le à chauffer dans un bol pendant 20 secondes, puis vérifie. S'il n'est pas complètement liquide, remets-le 20 secondes, et recommence jusqu'à ce qu'il soit fondu. Fais ensuite fondre le chocolat blanc.
10. Verse le chocolat fondu en filets sur le pavé de flapjacks. Tu peux être créatif et dessiner un portrait de la Grandissime Sorcière, par exemple.

11. Demande à un adulte de t'aider à découper les flapjacks en petits carrés.
12. Régale-toi en toute sécurité, sans courir le moindre risque de te transformer en souris.

---

* L'avantage, avec les flapjacks aux deux chocolats, c'est qu'ils contiennent de l'avoine, du coup les adultes ne râleront (presque) pas, parce que c'est excellent pour la santé !

MOTS MÊLÉS DE LA FORMULE 86

Eh non, ce n'est pas une course pour voitures ultralentes… mais un jeu de mots fléchés !

Les dix ingrédients de la terrible formule 86 Potion Souris à Retardement se trouvent cachés dans cette grille de mots mêlés d'une difficulté redoutable. Combien en trouveras-tu ?

RÉVEIL

BLABLAPIF

SOURIS BRUNE

CRABCRONCHE

JUS DE GRENOUILLE

CHAVELOS

ŒUF DE GROGNASSIER

QUEUE DE SOURIS

COCHON DE VIN

TÉLESCOPE

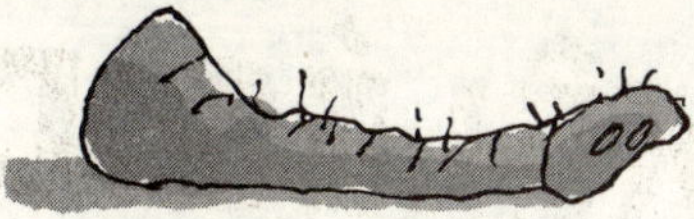

Z	C	R	A	B	C	R	O	N	C	H	E	O	Y
B	D	E	C	H	A	V	E	L	O	S	B	E	D
A	J	S	D	F	H	U	J	U	C	D	N	U	B
V	U	B	R	U	X	E	Q	N	H	I	P	F	Z
C	S	I	N	T	V	P	L	S	O	U	R	D	P
R	D	G	O	U	V	E	Z	C	N	B	A	E	B
T	E	L	E	S	C	O	P	E	D	I	R	G	K
W	G	V	C	A	L	S	P	I	E	J	S	R	W
B	R	S	E	U	O	C	X	L	V	O	X	O	E
R	E	N	P	I	P	A	C	U	I	L	O	G	B
C	N	U	R	T	L	I	S	C	N	L	A	N	L
S	O	U	R	I	S	B	R	U	N	E	D	A	A
Q	U	E	U	E	D	E	S	O	U	R	I	S	P
O	I	G	N	O	H	D	A	R	V	U	F	S	I
U	L	C	A	R	M	S	E	W	N	O	P	I	B
B	L	A	B	L	A	P	I	F	O	R	N	E	G
T	E	V	E	N	F	O	R	L	Z	V	I	R	M

Réponse page 152

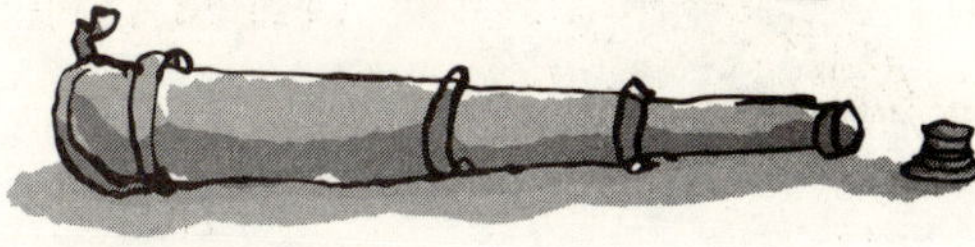

GRAND-MÈRE

«Grand-mère était norvégienne, et les Norvégiens connaissent bien les sorcières. Avec ses sombres forêts et ses montagnes enneigées, la Norvège est le pays natal des premières sorcières.»

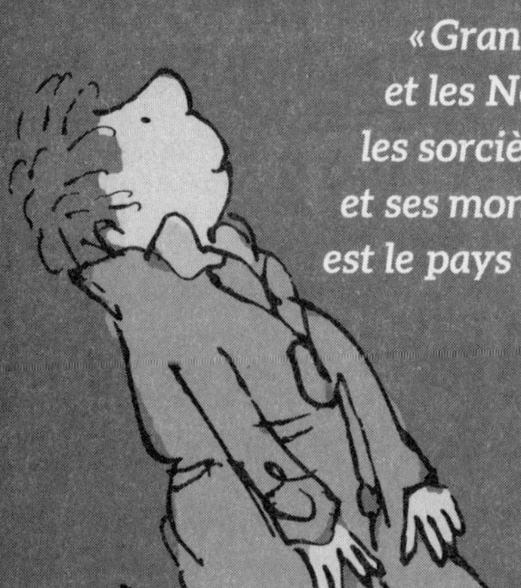

FICHE INFO : GRAND-MÈRE

Profession : sorcièrologue* à la retraite
Âge : 86 ans – très vieille.
Lieu de naissance : Norvège
Largeur : imposante (même une souris ne pourrait se glisser à côté de Grand-mère dans son fauteuil.)
Tenue vestimentaire : dentelle grise (beaucoup).
Mauvaises habitudes : fumer le cigare et ne pas suivre les conseils des médecins (la plupart du temps).
Accessoires notables : une canne pour marcher et un cigare.

* Sorcièrologue (nom) : personne qui étudie les sorcières et en connaît un rayon sur leurs us et coutumes. Comme Grand-mère, par exemple. Lorsqu'elle était jeune, elle a parcouru le monde entier pour traquer la Grandissime Sorcière. Malheureusement, elle n'a jamais pu la trouver.

ÉVALUONS UNE **GRAND-MÈRE**

Tu n'es pas obligé d'évaluer la tienne, bien sûr. Tu peux choisir celle que tu veux. Même une vieille tante peut faire l'affaire.

Une fois que tu en as trouvé une, suis les consignes suivantes pour lui attribuer des points de grand-mère. Quand tu as fini, additionne tous les points. Tu sauras si elle ressemble un peu, beaucoup, ou pas du tout à la grand-mère de *Sacrées sorcières*.

Âge : compte 1 point de grand-mère par année.

Lieu de naissance : compte 100 points de grand-mère pour la Norvège et 0 pour tous les autres pays.

Pouces : déduis 25 points de grand-mère si elle a ses deux pouces, ajoute 1 000 points si elle n'en QU'UN SEUL.

Cigares : si elle fume le cigare, ajoute 100 points de grand-mère, puis retire-les-lui tout de suite, parce que c'est une très mauvaise habitude.

Canne : compte 50 points de grand-mère par canne.

Dentelle grise : si elle porte un peu de dentelle grise, ajoute 200 points de grand-mère. Si elle en est couverte de la tête aux pieds, ajoute 1 000 000 points.

COMBIEN A-T-ELLE OBTENU ?

0-20 points de grand-mère
Désolé. Elle n'a pas le PLUS PETIT point commun avec la grand-mère de *Sacrées sorcières.*

21-100 points de grand-mère
On se rapproche.

101-500 points de grand-mère
Là, ça devient sérieux.

501-1 001 235 points de grand-mère
Ooooh. Elle ressemble BEAUCOUP à Grand-mère.

1 001 236 (et plus) points de grand-mère
OK. On peut être sûr que c'est Grand-mère !

DEVINETTE

J'ai une grand-mère norvégienne qui m'a TOUT expliqué sur les sorcières.

C'est pourquoi je sais reconnaître une sorcière.

J'en ai rencontré deux avant l'âge de huit ans.

La première fois, j'ai réussi à m'enfuir.

Mais pas la seconde.

Mon meilleur ami s'appelle Timmy.

J'ai deux souris blanches qui s'appellent William et Mary.

Qui suis-je ?

Réponse : je suis le héros de *Sacrées sorcières*. J'aimerais te dire comment je m'appelle, mais Roald Dahl ne m'a jamais donné de prénom. Mais oui, c'est vrai ! Tu peux lire et relire *Sacrées sorcières*, tu ne sauras jamais comment je m'appelle. Malin, non ?!

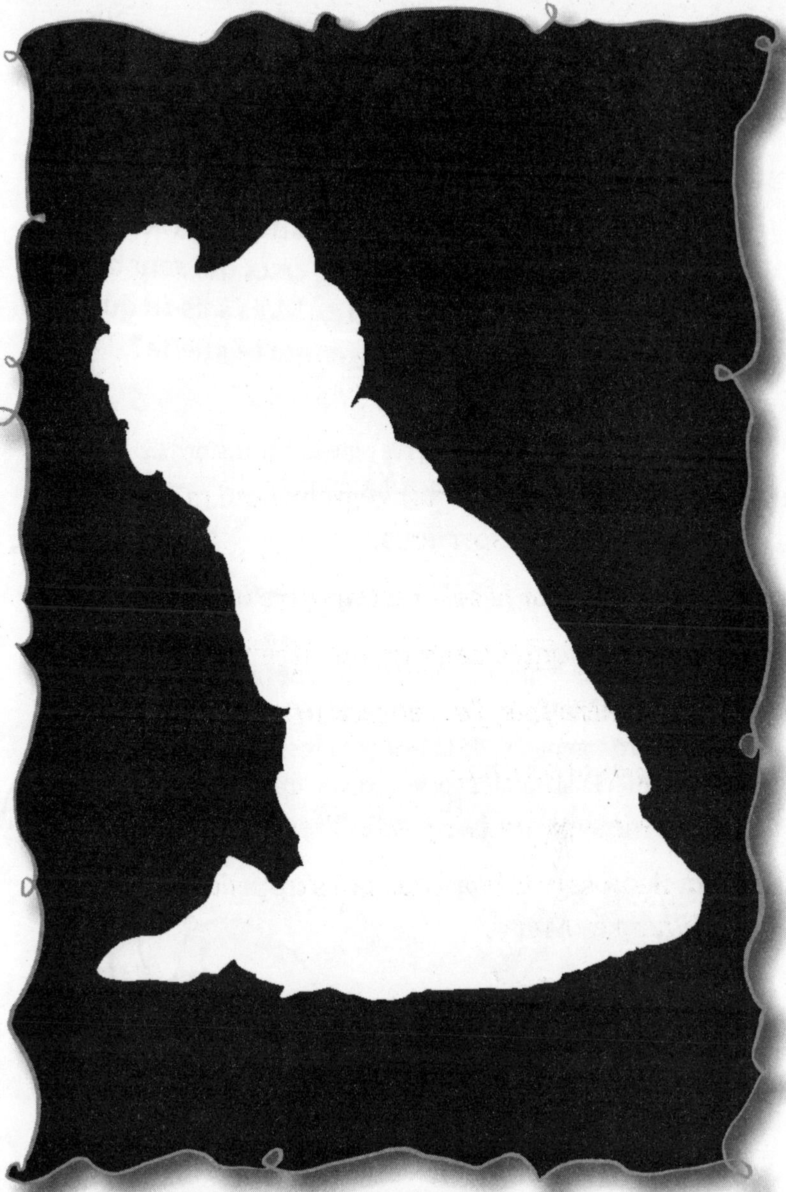

TA-DAAAAA!

Les sorcières transforment les enfants en souris. Tout le monde le sait (enfin, tous ceux qui sont assez intelligents pour lire ce livre). Mais sais-tu que ce n'est pas le seul danger qui te guette ?

On raconte que les sorcières peuvent transformer les enfants en N'IMPORTE LAQUELLE de ces créatures :

UNE LIMACE
UNE PUCE
UN FAISAN

Alors la prochaine fois que tu vois une limace ou une puce*, fais attention. Évite de l'écraser sans t'en rendre compte ou de l'asperger d'insecticide.

Imagine ! Et si c'était Léo, ton copain d'école ?

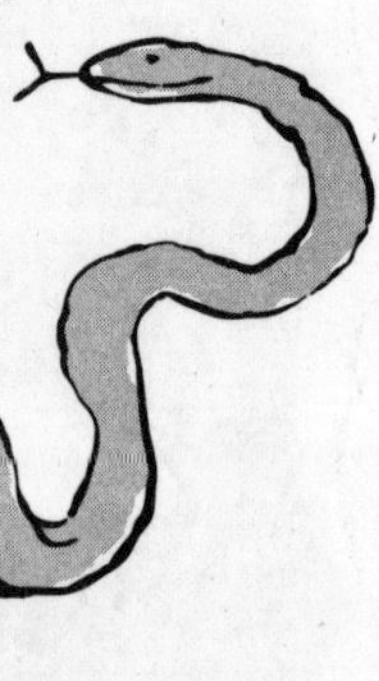

* Les faisans posent moins problème. Il n'y a aucune chance que tu leur marches dessus par accident.

Si tu étais une sorcière, en quoi transformerais-tu les enfants ? Dessine ou écris ici tes idées géniales !

ZOOM

LES DOSSIERS DE GRAND-MÈRE

Pendant sa carrière de sorcièrologue, Grand-mère a découvert que les sorcières étaient capables du pire.

Elles ont plus d'un tour dans leur sac (ou dans leur gant). Si tu lis avec attention ces histoires tragiques, tu pourras peut-être éviter qu'il ne t'arrive le même drame.

La poule primée

Nom : Birgit Svenson

Ce qui lui est arrivé : Un jour, des plumes lui ont poussé partout sur le corps et au bout d'un mois, elle était devenue une grosse poule blanche. Ses parents l'ont gardée dans un enclos au milieu de leur jardin.

Et ensuite ? Elle n'a pas disparu, mais elle a pondu d'énormes œufs bruns pendant des années.

La petite fille dans le tableau

Nom : Solveg Christiansen

Ce qui lui est arrivé : Dans la maison de Solveg, il y avait un tableau accroché au mur, qui représentait des canards sur une pelouse, avec une ferme à l'arrière-plan.
Un jour, Solveg rentra de l'école en croquant une pomme qu'une gentille dame lui avait donnée dans la rue.
Le lendemain matin, ses parents ne la trouvèrent pas dans son lit. Ils la cherchèrent partout et finirent par la trouver… dans le tableau. Oui, sérieux !

Et ensuite ? Chaque jour, on pouvait voir Solveg à un endroit différent du tableau. Puis, cinquante-quatre ans après, sans crier gare, elle disparut. Gloups.

LES DOSSIERS DE GRAND-MÈRE suite

Eh oui, il y a D'AUTRES histoires ! Continue ta lecture si tu ne crains pas d'être horrifié par la pure méchanceté des sorcières.

La statue de pierre

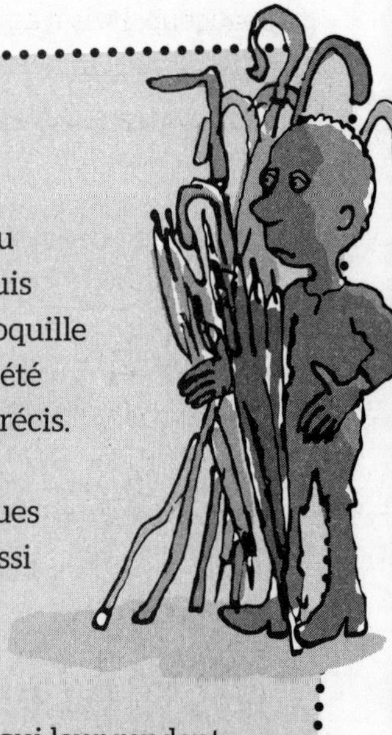

Nom : Harald*

Ce qui s'est passé : Un matin, la peau de Harald a pris une teinte gris-jaune, puis elle s'est durcie et craquelée comme la coquille d'une noix. Le soir venu, le garçon avait été changé en pierre. (En granit, pour être précis. Pour ceux que ça intéresse, le granit est une pierre très dure dont on fait les statues et les plaques commémoratives. C'est aussi excellent pour les sols, mais moins pour les petits garçons.)

Et ensuite ? La famille de Harald a gardé sa statue dans l'entrée. Les amis qui leur rendent visite peuvent y accrocher leur parapluie.

* Savais-tu que le père de Roald Dahl s'appelait Harald ? Eh bien, maintenant, tu le sais.

Le marsouin

Nom : Leif

Ce qui s'est passé : Leif passait ses vacances d'été dans un fjord de Norvège avec sa famille. Ce jour-là, ils étaient en train de pique-niquer sur une petite île*. Le jeune Leif plongea d'un rocher et son père, qui le regardait, remarqua qu'il restait un peu trop longtemps sous l'eau. Lorsqu'il refit surface, il était devenu un marsouin.

Et ensuite ? Leif le marsouin passa l'après-midi à promener ses frères et sœurs sur son dos. Tout le monde s'amusa beaucoup. Puis il agita une nageoire pour leur dire au revoir et s'éloigna. On ne le revit jamais.

* Comme Roald Dahl et sa famille chaque année !

LES **PIRES** HISTOIRES DE DISPARITION

Mince. Où sont passés les mots ? Y a-t-il eu une panne d'encre à l'imprimerie ? Dois-je rapporter ce livre à la librairie et me faire rembourser illico ?

STOP ! PAS DE PANIQUE !

Ce n'est pas une erreur d'impression. C'est à TOI d'inventer les histoires de disparition les plus terribles. Note les détails ci-dessous, et n'hésite pas à te montrer vraiment abominable.

Qui a disparu ?

Quand cette personne a-t-elle disparu ?

Où cela s'est-il passé ?

Quels sont les détails les plus affreux ?

Et ensuite ?

LA **CURIEUSE** HISTOIRE DU POUCE MANQUANT

Si tu as été attentif, tu sais qu'il manque un pouce à Grand-mère. La question, c'est… QU'EST-IL ARRIVÉ À CE POUCE ?

L'a-t-elle perdu dans un accident de frisbee ? Lui a-t-il été arraché par une mouette ?

Est-ce que Grand-mère levait le pouce pour se faire prendre en photo au sommet du Galdhøpiggen – la montagne la plus haute de Norvège – quand une tempête s'est soudain levée et lui a gelé le pouce ?

La vérité, c'est qu'on n'en sait rien. Grand-mère seule le sait. Et elle n'en parle jamais. C'est à toi de te faire ton propre avis.

Raconte l'histoire qui a coûté son pouce à Grand-mère. Ça peut être aussi incroyable et bizarre que tu le veux, tu peux faire intervenir des feux d'artifice, des panthères, des câbles de funambule, des batteurs à main ou tout ce qui te plaira.

Personne ne sera là pour te contredire.

À part Grand-mère.

SORCIÈRES DU MONDE

ENTIER

« Là où il y a des gens,
il y a des sorcières. »

CARTE DES VOLS

C'est en Norvège que vivent la Grandissime Sorcière et ses assistantes (les dirigeants importants ont tous une flopée d'assistants et les sorcières ne font pas exception à la règle).

Mais la Norvège n'est pas le seul pays où vivent les sorcières. Il existe des sociétés secrètes dans TOUS les pays.

Une fois par an, les sorcières d'un même pays se réunissent pour assister à la conférence de la Grandissime Sorcière. Aussi celle-ci passe-t-elle beaucoup de temps en avion. Voici la carte de ses déplacements de l'année prochaine. A-t-elle prévu de venir dans une ville proche de chez toi* ?

* Si la réponse est OUI, nous te recommandons vivement de partir ailleurs pendant la visite de la Grandissime Sorcière.

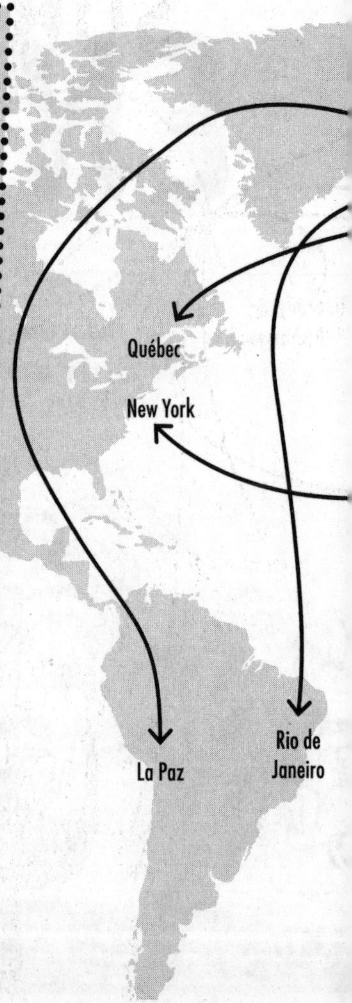

DE LA GRANDISSIME SORCIÈRE

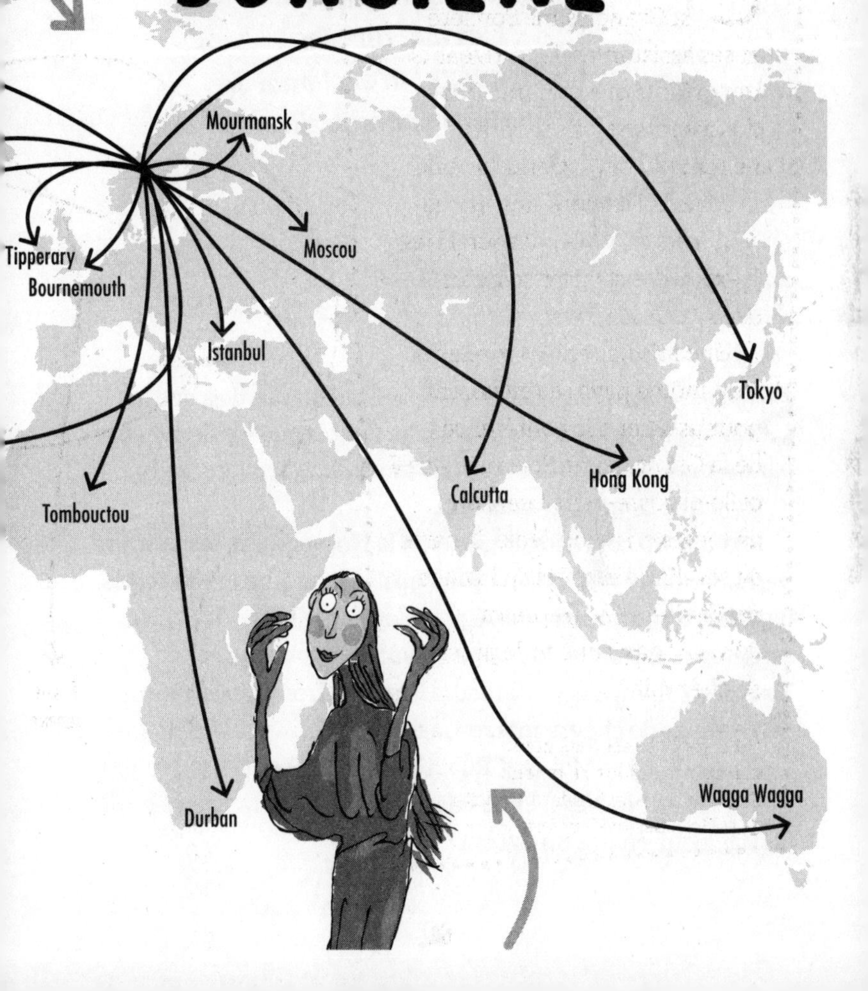

LA NORVÈGE

« – Où se trouve ce château, Grand-mère ?
Dans quel pays ?
– Devine ! dit-elle.
– En Norvège ! m'exclamai-je.
– Gagné ! répondit-elle. »

Si tu as lu *Sacrées sorcières* de Roald Dahl, tu sais déjà que la Norvège y joue un rôle important. C'est là que vit Grand-mère, par exemple. Et aussi, bien sûr, la Grandissime Sorcière (argh).

Il y a une bonne raison à cela.

Roald Dahl connaissait très bien la Norvège, car ses propres parents étaient norvégiens. Bien qu'il soit né au pays de Galles, il parlait couramment norvégien. Comme le héros de *Sacrées sorcières*, il partait en Norvège en vacances chaque été. Tous deux mangeaient d'ailleurs le même fromage (le gjetost, un fromage de chèvre marron, assez doux).

Dans son livre *Moi, Boy*, Roald Dahl a raconté ses souvenirs d'enfance en Norvège. Et tu sais quoi ? Tu n'as qu'à tourner la page pour en lire un extrait !

EN ROUTE POUR LA NORVÈGE

Extrait de* Moi, Boy, *de Roald Dahl

Traduit par Janine Hérisson

Les grandes vacances ! Mots magiques ! Il me suffisait de les entendre prononcer pour sentir des frissons de joie me parcourir la peau.

Toutes mes vacances d'été, de quatre à dix-sept ans (de 1920 à 1932), furent totalement idylliques. Elles le furent, j'en suis certain, parce que nous nous rendions toujours dans le même endroit idyllique et que cet endroit était la Norvège.

La traversée de Newcastle à Oslo prenait deux jours et une nuit, et si la mer était agitée, ce qui était souvent le cas, nous étions tous malades, sauf notre intrépide mère. Nous restions étendus sur les chaises longues du pont-promenade, à portée immédiate du bastingage, le visage grisâtre, l'estomac révulsé, refusant le potage brûlant et les biscuits que le gentil steward ne cessait de nous proposer…

Nous passions toujours une nuit à Oslo pour avoir une grande réunion familiale et annuelle avec Bestemama et Bestepapa, les parents de notre mère, et avec ses deux sœurs célibataires (nos tantes) qui vivaient dans la même maison.

Depuis la toute petite première fois où je l'avais vue, Bestemama m'avait paru terriblement âgée. C'était une vieille dame aux cheveux blancs, au visage ridé, toujours assise, me semblait-il, dans son rocking-chair où elle se balançait

Bestemama et Bestepapa (et Astrid)

doucement, souriant affectueusement à cette invasion de petits-enfants venus de si loin pour prendre possession de sa maison durant quelques heures chaque année.

Bestepapa était d'un naturel silencieux. C'était un savant, de petite taille, plein de dignité, avec un bouc blanc au menton et, d'après ce que j'avais compris, il était astrologue, météorologue et parlait le grec ancien.

Tout comme Bestemama, il était la plupart du temps tranquillement assis dans un fauteuil, parlait peu, totalement submergé, j'imagine, par la bruyante cohue qui abolissait le calme de son foyer ordonné et raffiné…

Le lendemain matin, tout le monde se levait tôt, pressé de se remettre en route. Nous avions encore toute une journée de voyage, en majeure partie par mer, avant d'atteindre notre destination…

Après le petit déjeuner, nous allions chercher nos maillots de bain et tout notre groupe, dix en tout, s'empilait dans notre bateau.

Moi, Alfhild, Else. Norvège, 1924

Tout le monde possède un bateau quelconque en Norvège. Personne ne reste à flâner devant l'hôtel. Personne non plus ne s'assied sur la plage, car il n'y a pas de plages où s'asseoir. Au début, nous n'avions qu'une barque à rames, mais c'était une très bonne embarcation. Nous y tenions tous à l'aise et il y avait place pour deux rameurs. Ma mère prenait une paire d'avirons, mon demi-frère prenait l'autre, et nous étions partis…

Tous les jours régulièrement, durant plusieurs étés, nous nous dirigeâmes vers cette minuscule langue de sable secrète, sur notre minuscule île secrète. Nous y passions trois ou quatre heures à nous amuser dans l'eau et dans les mares restées au creux des rochers, et à attraper d'extraordinaires coups de soleil…

LE QUARTIER GÉNÉRAL SECRET DE LA GRANDISSIME SORCIÈRE

En Norvège, dans un petit village en haut des montagnes, se cache le quartier général secret de la Grandissime Sorcière.

Malheureusement, à moins d'être une sorcière ou un sorcièrologue renommé, il est très difficile d'en connaître l'emplacement exact (comme son nom l'indique, il est **SECRET**).

Fais appel à ton sens de l'orientation pour trouver le quartier général secret de la Grandissime Sorcière. Si tu l'oses ! Mais je préfère te prévenir : il y a **BEAUCOUP** de fausses pistes.

Réponse page 153

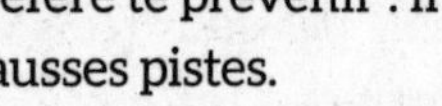

ENTRÉE

LE **COIN** DES **RRECETTES** :

LA SOUPE DE POIS

Les sorcières RAFFOLENT de la soupe de pois. À ton tour d'en préparer une !

Demande à un adulte de t'aider !

Tu as besoin de :

- 1 marmite ou une grande casserole
- 1 blender ou un mixeur pour mixer ta soupe
- 30 g de beurre doux
- 12 oignons frais hachés menu
- 1 petite pomme de terre coupée en dés
- 1 gousse d'ail écrasée
- 350 g de petits pois surgelés
- 850 ml de bouillon de poulet
- du sel et du poivre

Ce que tu dois faire :

1. Demande à un adulte de faire fondre le beurre à feu doux dans la grande casserole.
2. Ajoute les oignons frais, la pomme de terre et l'ail.
3. Couvre d'un couvercle et laisse mijoter à feu doux pendant 10 minutes.
4. Ajoute les petits pois, le bouillon et une pincée de sel et de poivre. Porte à ébullition et laisse chauffer à petits bouillons pendant 15 minutes.
5. Retire du feu et demande à un adulte de mixer la soupe jusqu'à ce qu'elle soit parfaitement liquide (ou pas : c'est délicieux aussi avec des grumeaux.)
6. Verse la soupe dans une énorme soupière. Elle est prête ! Tu peux aller servir une salle de bal remplie de sorcières. (Si tu l'oses ! Sinon, sers-la à ta famille dans des bols.)

L'HEBDO DES SORCIÈRES

La Richissime Grandissime Sorcière

La Grandissime a-t-elle hérité sa fortune ? Braque-t-elle des banques en secret ? Est-elle une banquière d'affaires et gagne-t-elle sa vie en TRAVAILLANT ?

Il est évident pour tout le monde que la Grandissime Sorcière est RICHISSIME. Comment, sinon, pourrait-elle voyager dans le monde entier et donner ces congrès annuels à l'hôtel Magnificent ? Sans compter qu'un quartier général secret, ça coûte cher. Alors, d'OÙ tire-t-elle tout cet argent ?

Ce scoop sensationnel révèle l'incroyable vérité qui se cache derrière la richesse de la plus célèbre des sorcières : **la Grandissime Sorcière fabrique elle-même sa monnaie.**

D'après les rumeurs, elle aurait une imprimerie clandestine dans son quartier général – la même que le gouvernement utilise pour produire ses billets.

Dans une interview exclusive, Grand-mère, la grande sorcièrologue, nous en a dit davantage : « Après tout, les billets ne sont que des bouts de papier avec des dessins. N'importe qui peut en fabriquer, il suffit d'avoir l'imprimerie et le bon papier. »

Voilà l'explication.

Si n'importe qui peut en fabriquer, pourquoi pas toi ?

Dessine tes propres billets de banque

Attention ! Ils doivent plaire à la Grandissime Sorcière.

Recto

Verso

LE **WIKI** DES **SORCIÈROLOGUES**

Le caca de chien (*Odoriferus enfanticus*)

Si jamais vous sentez une odeur de caca de chien, il n'y a que deux explications possibles.

1. Soit vous avez marché dans une **crotte de chien**, qui est maintenant collée à votre semelle. Vérifiez que vous ne l'avez pas apportée dans la maison, dans le salon et dans les escaliers.

2. Soit il y a un **enfant** dans les parages!

Pour une sorcière, les enfants sentent exactement la même odeur que le caca de chien. Mais le plus fou, c'est que LA CRASSE MASQUE L'ODEUR. Plus un enfant est sale, plus il est difficile pour une sorcière de le repérer.

Voici l'explication scientifique de ce phénomène étrange.

Peau propre

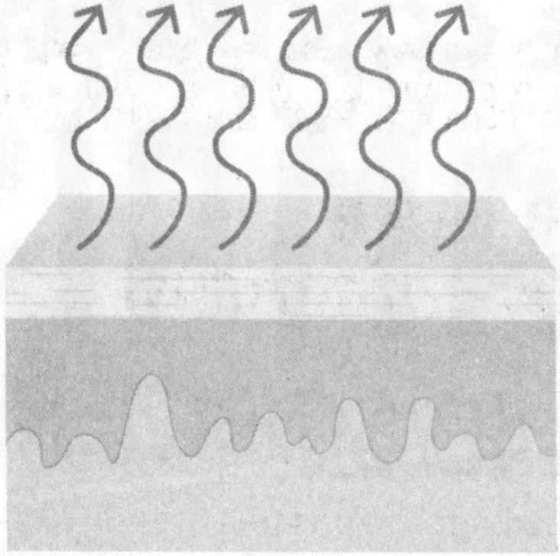

L'odeur de caca de chien de l'enfant s'envole librement dans l'air et arrive directement aux narines d'une sorcière, provoquant un hurlement de rage.

Peau sale

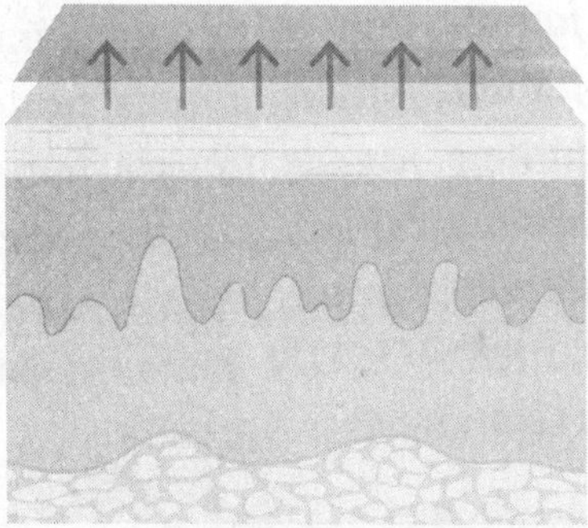

La couche de crasse sur la peau de l'enfant bloque l'odeur de caca de chien.

MISE EN GARDE : si un enfant sale court moins de risque d'être repéré par une sorcière, en revanche, il y a de fortes chances qu'un adulte s'écrie : « FILE AU BAIN ! JE COMPTE JUSQU'À DIX... »

NE CONTREDIS JAMAIS UNE SORCIÈRE

Il est d'une importance vitale de ne jamais, sous AUCUN prétexte, contredire la Grandissime Sorcière.

Jamais.

Si tu veux savoir ce qu'il arrive au malheureux qui s'avise de contredire une sorcière, va page 37. Enfin, vu que c'est horrible, je te conseille plutôt de nous croire sur parole.

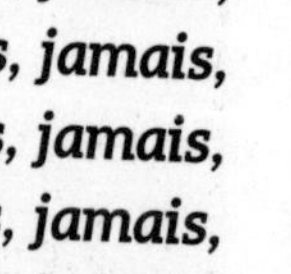

COMMENT ÉVITER DE CONTRARIER LA GRANDISSIME SORCIÈRE

1. **Ne** lui coupe **pas** la parole.
2. **Ne** remue **pas**, **ne** gigote **pas** et **ne** te cure **pas** le nez (trois comportements qui risquent d'attirer l'attention. Il vaut mieux que la Grandissime Sorcière ne te remarque pas du tout.)
3. **Évite** d'avoir des idées brillantes (ça lui est réservé.)
4. **Ne** sois **pas** un enfant. (Toutes les sorcières détestent les enfants.)
5. Si par malchance tu es un enfant, veille à **ne pas** te laver et à sentir très mauvais.

L'HEBDO DES SORCIÈRES

PRUDENCE

Vous comptez bientôt assister à un congrès annuel? Parrfait!

Gardez à l'esprit que les congrès annuels **ne sont pas** sans danger. Nous vous recommandons de rester informées des derniers conseils de sécurité. La Grandissime Sorcière elle-même a donné quelques trucs utiles, que nous publions ici en exclusivité.

N'est-ce pas adorable de sa part?

Sorrcièrre idiote qui rrépond
Brroûlerra comme un brrandon
Sorrcièrre bête écerrvelée
Doit crramer dans le boûcher
Sorrcièrre bête qui caquette
Rrôtirra comme une oune poulette
Idiote qui me contrredit
Peut dirre adieu à la vie !

* Tu as peut-être remarqué que la Grandissime Sorcière ne prononce pas « u », mais « ou ». Je te déconseille de lui demander pourquoi. Sinon, c'est TOI qui pourras dire adieu à la vie !

BLAGUES ÉPOUVANTABLEMENT NULLES

Oui, encore plus nulles que les précédentes... On s'excuse d'avance!

Qui est l'ami du feu?

Le pote-au-feu.

Quelle est la danse préférée des sorcières?

Le ballet.

Pourquoi les sorcières asiatiques sont-elles les plus douées ?

Parce qu'elles ont 2 baguettes.

Comment appelle-t-on une sorcière qui fait de la magie noire avec un yaourt ?

Un faux mage blanc.

Comment une sorcière demande-t-elle l'heure ?

« Quelle heure reptile ? »

Je suis magique pour la sorcière et n° 1 pour le pilote. Qui suis-je ?

La formule.

DES ENFANTS RRÉPOUGNANTS

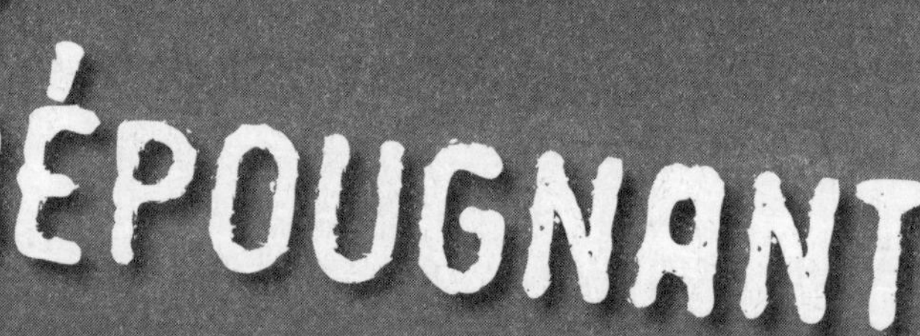

« Les zenfants me répougnent !
cria la Grandissime Sorcière. Nous les poulvérriserrons ! Nous les balaierrons de la sourrface de la terrre ! Au trrou ! »

TEST DE PUANTEUR

Il est bien connu que pour les sorcières, les enfants propres sentent le caca de chien. Pour savoir s'il est facile (ou difficile) pour une sorcière de repérer ton odeur, réponds à ce questionnaire.

1. Quand t'es-tu lavé pour la dernière fois ?

a) Ce matin
b) Hier
c) La semaine dernière
d) Une seule fois au cours des dix dernières années

2. Utilises-tu du savon ?

a) Toujours
b) Parfois
c) Le troisième jeudi de chaque mois
d) Non

3. Quelle a été l'activité la plus salissante que tu aies jamais faite ?

a) Du coloriage
b) Manger des spaghettis bolognaise sans serviette
c) Un concours de lancer de tartes à la crème
d) Prendre un bain de haricots rouges à la sauce tomate

4. Que fais-tu lorsqu'un adulte te dit :
« VA PRENDRE UNE DOUCHE TOUT DE SUITE » ?

a) Tu prends une douche
b) Tu réponds que tu dois absolument faire tes devoirs parce que c'est pour demain matin
c) Tu te caches
d) Tu enfiles tes baskets et tentes de battre le record de vitesse en t'enfuyant

Compte combien de fois tu as répondu...

a) b) c) d)

Si tu as une majorité de a)

Misère. Une sorcière te repérerait ILLICO.

Si tu as une majorité de b)

Hum. Tu es dans une **zone dangereuse**. Pour éviter de te faire repérer par une sorcière, il serait préférable de te rouler tout de suite dans la boue.

Si tu as une majorité de c)

Tu as atteint un degré de saleté **admirable**, mais tu peux encore progresser. Si tu connais quelqu'un qui a un jardin, propose-lui de l'aider.

Si tu as une majorité de d)

Félicitations ! Tu es presque indétectable pour une sorcière !

FICHE INFO : BRUNO JENKINS

Profession : enfant
Taille : pas si grand que ça.
Occupation préférée : manger.
Plats préférés : les gâteaux, les chips, les barres chocolatées, les bananes et… Non, franchement, il n'est pas difficile.
Est prêt à tout pour : six plaques de chocolat (mais un berlingot ou une saucisse peuvent faire l'affaire).
Mauvaise habitude : griller les fourmis à la loupe les jours de grand soleil (quel garçon cruel !)

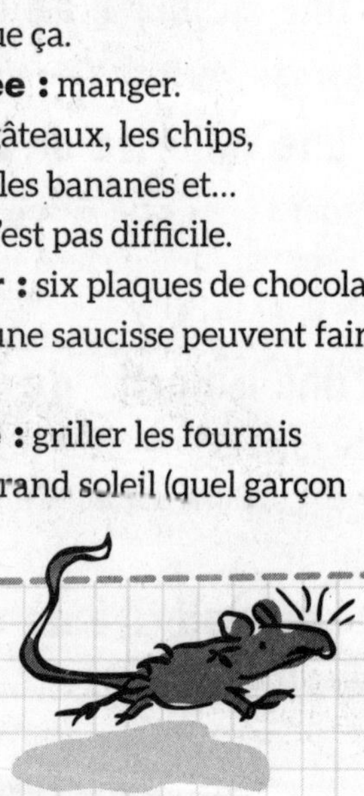

MOTS CROISÉS POUR SORCIÈROLOGUES

Pour trouver la réponse à cette énigme, il te faut trouver tous les mots! Quand tu auras rempli toutes les cases grises, tu sauras ce que les sorcières n'aiment pas, mais alors pas du tout. (Non, même pas un petit peu.)

1. Les sorcières ont une salive _ _ _ _ _.

2. Complète la devise des sorcières :
Un tour, deux tours de _ _ _ _ _ _ _ _ _ _ _.

3. La potion de la Grandissime Sorcière s'appelle _ _ _ _ _ _ _ _ 86.

4. Pour une sorcière, les enfants sentent le _ _ _ _ de chien.

5. La Grandissime Sorcière a transformé _ _ _ _ _ Jenkins en souriceau.

6. La Grandissime Sorcière a caché sa potion secrète dans une barre de _ _ _ _ _ _ _ _ _.

7. Les sorcières ont des pieds _ _ _ _ _ _.

Réponses : 1. Bleue ; 2. Moulinette ; 3. Formule ; 4. Caca ; 5. Bruno ; 6. Chocolat ; 7. Carrés.
Le mot à trouver est ENFANTS.

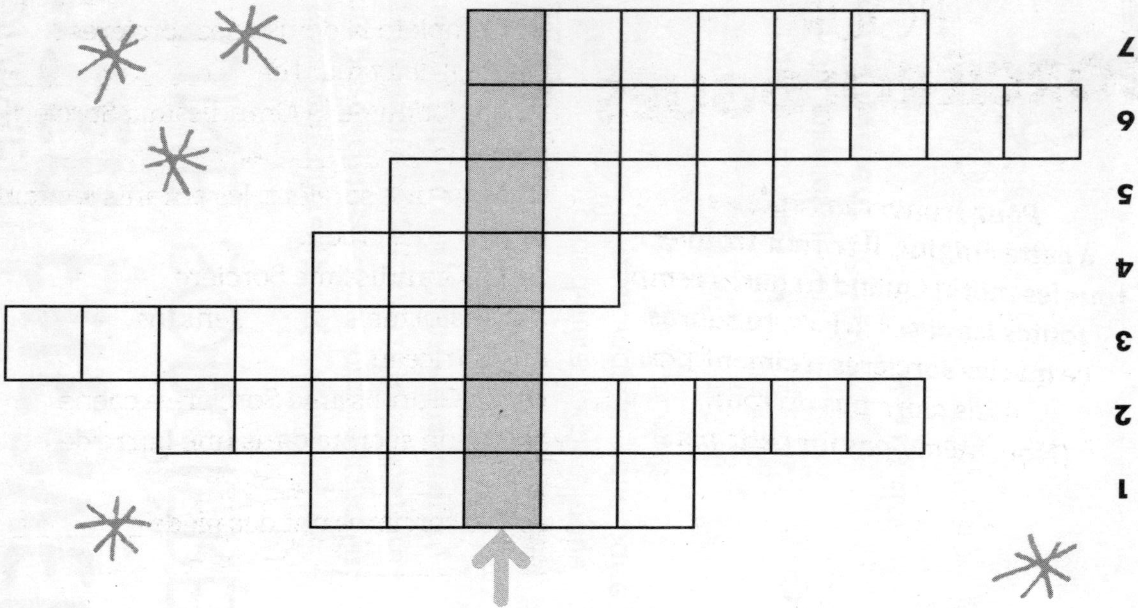

COMMENT ~~ÉVITER~~ ÉNERVER UNE SORCIÈRE

Si tu es particulièrement courageux, ne te contente pas d'échapper à une sorcière, agace-la! (Mais attention à ce qu'elle ne te fasse pas frire comme une frite ou cuire comme une carotte!)

Tu peux dire

Je vais demander à ma grand-mère sorcièrologue si je peux manger cette barre de chocolat.

J'ai pris un bain il y a dix minutes. Je suis ***tellllllllement*** propre!

Note tes idées!

Tu peux aussi

Monter le chauffage. La sorcière aura terriblement envie d'enlever ses gants. Et son chapeau. Et sa perruque. Et même (si c'est la Grandissime Sorcière) son visage.

L'emmener en ville s'acheter des chaussures.

Lui suggérer de faire une manucure ou une pédicure.

Note tes idées !

. . . .

. . . .

. . . .

. . . .

. . . .

. . . .

. . . .

LES SOURIS

« Petit pou pouant
Moutarrd dégoûtant
Horrrible verrmisseau
Deviens sourr-le-champ
Oun rravissant sourriceau ! »

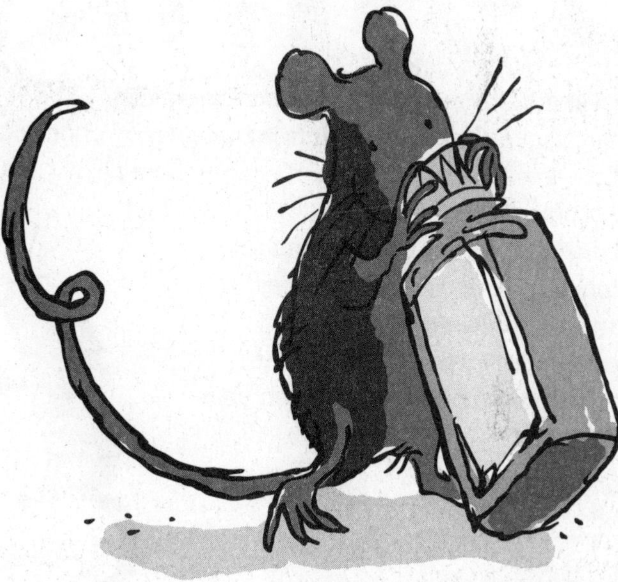

MILLE MILLIARDS* DE SOURIS

Il y a BEAUCOUP DE SOURIS dans *Sacrées sorcières*. C'est logique. Quand on invente la Formule 86 Potion Souris à Retardement, on ne risque pas d'avoir un livre plein de kangourous !

Malheureusement, les souris ont une queue très longue et elles se sont emmêlées ! Sauras-tu retrouver quel souriceau est le héros de *Sacrées sorcières* ? (Psst ! C'est celui qui a un mouchoir en dentelle).

Réponse page 154

* Environ. En vrai, on est plus près de 216, mais c'est moins impressionnant.

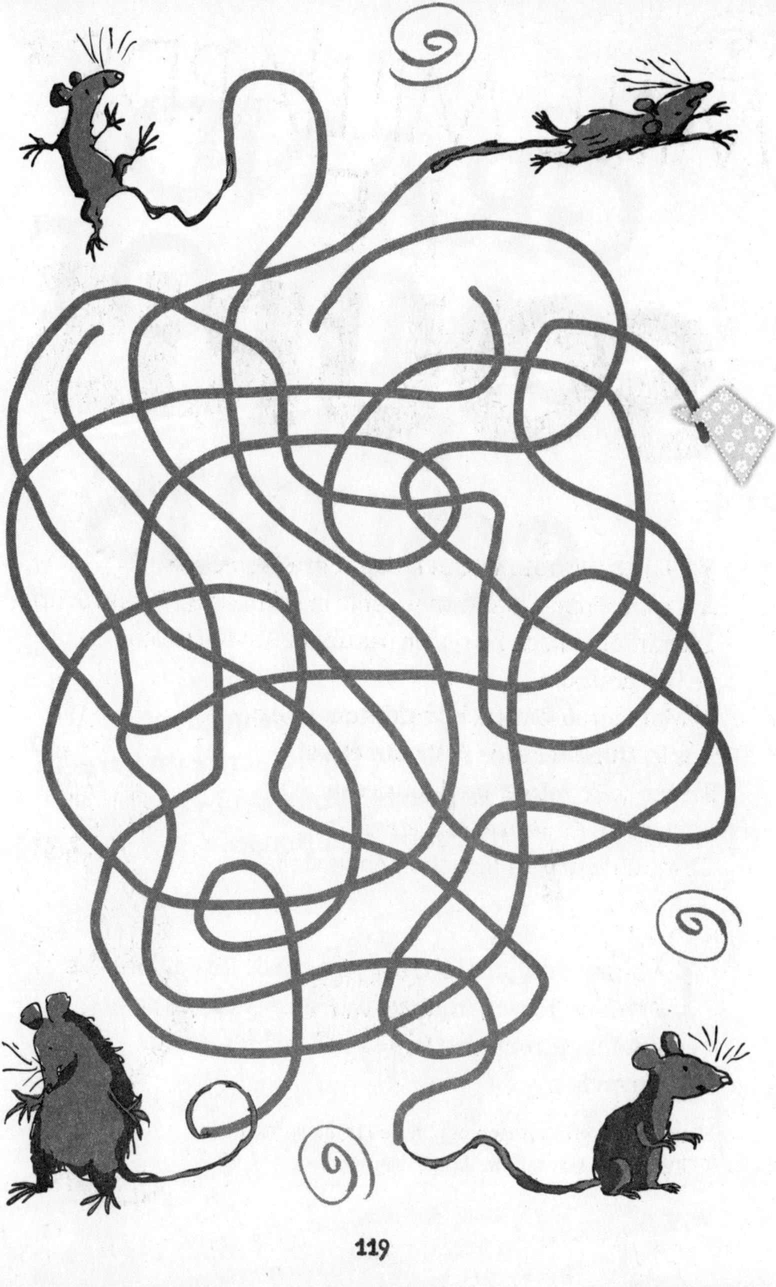

LE GRAND COMPLOT DE LA SOURIS

T'es-tu déjà demandé ce qui avait donné l'idée à Roald Dahl d'écrire un livre plein de souris ? Voici peut-être un début de réponse...

L'histoire qui suit est tirée de la vie de Roald Dahl enfant. Tu remarqueras peut-être quelques points communs entre ce chapitre extrait de *Moi, Boy** et le roman *Sacrées sorcières* !

---

* Traduit en français par Janine Hérisson.

Un jour, ayant soulevé une lame de parquet au fond de notre classe, mes quatre amis et moi trouvâmes une souris morte. C'était une découverte excitante. Thwaites la saisit par la queue et l'agita devant nos visages.

– Qu'est-ce qu'on va en faire ? cria-t-il.

– Elle pue ! s'écria l'un d'entre nous. Jette-la par la fenêtre, vite !

Quand on écrit sa propre histoire, il faut s'efforcer d'être sincère. La vérité est plus importante que la modestie. Je dois vous préciser, en conséquence, que c'est moi et moi seul qui ai eu l'idée de monter l'audacieux complot de la souris. Nous avons tous nos moments de splendeur et de gloire, et le mien était arrivé.

– Et si on la fourrait dans un des bocaux de bonbons de Mme Pratchett ? suggérai-je. Comme ça, quand elle plongerait sa main crasseuse dans le bocal pour prendre une poignée de bonbons, elle attraperait à la place une souris morte et puante.

Les quatre autres me dévisagèrent avec stupeur. Puis le caractère purement génial de mon idée leur apparut et un large sourire éclaira leurs visages. Ils m'assenèrent de grandes tapes dans le dos. Ils m'acclamèrent et se mirent à danser tout autour de la salle de classe.

– On va le faire aujourd'hui même ! s'écrièrent-ils. On va le faire en rentrant à la maison ! C'est toi qui as eu l'idée, me dirent-ils, alors c'est toi qui mettras la souris dans le bocal.

Thwaites me tendit la bestiole que je glissai dans la poche de mon pantalon. Là-dessus, nous quittâmes tous les cinq l'école, traversâmes le terrain de jeux et nous dirigeâmes vers la confiserie. Nous étions au comble de l'excitation. Nous nous faisions l'effet d'une bande de « desperados » en route pour attaquer un train ou pour faire sauter le bureau du shérif.

– Surtout, choisis un bocal qui sert souvent, dit l'un de nous.

– Je vais la mettre dans les boules magiques, dis-je. Le bocal des boules magiques n'est jamais derrière le comptoir.

– J'ai un penny, dit Thwaites, je vais lui demander un frisson et un lacet de réglisse. Pendant qu'elle se retournera pour les prendre, tu balances en vitesse la souris dans les boules magiques.

Ainsi donc, tout était arrangé. Nous nous pavanions un peu en entrant dans la boutique. Nous étions les vainqueurs maintenant, et Mme Pratchett était la victime.

Debout derrière le comptoir, une expression soupçonneuse dans ses petits yeux porcins malveillants, elle nous regardait nous avancer.

– Un frisson, s'il vous plaît, lui dit Thwaites en tendant son penny.

Je me tenais à l'arrière du groupe, et quand je vis

Mme Pratchett se détourner un instant pour aller pêcher un frisson dans la boîte, je soulevai le lourd couvercle du bocal de boules magiques et laissai tomber la souris à l'intérieur. Puis je reposai le couvercle en faisant le moins de bruit possible. Mon cœur battait la chamade et j'avais les mains moites. J'entendis Thwaites ajouter :

– Et un lacet de réglisse, s'il vous plaît.

Au moment où je me retournai, je vis Mme Pratchett qui tendait le lacet de réglisse qu'elle tenait entre ses doigts infects.

– Je veux pas que vous entriez en bande ici quand il y en a qu'un seul qui achète, glapit-elle. Allez, foutez-moi le camp ! Ouste, sortez !

Une fois dehors, nous nous mîmes à courir.

– Tu as réussi ? me hurlèrent mes camarades.

– Oui, bien sûr ! répondis-je.

– Bravo, se mirent-ils à vociférer. Formidable !

Je me faisais l'effet d'un héros. J'étais un héros. C'était merveilleux d'être aussi populaire.

LA BELLE VIE DE SOURIS

Alors, quels sont les avantages à la vie de souris? Eh bien, il y en a plein! Pour commencer, quand des sorcières rôdent aux alentours, c'est vraaaaaiment mieux d'être une souris qu'un enfant. Voici sept bonnes raisons de préférer être une souris.

1. Une souris est capable de dévorer un sandwich au beurre de poisson* avant qu'une sorcière ait eu le temps de réaliser qu'elle l'a laissé tomber!
2. Les souris peuvent se faufiler dans le garde-manger la nuit pour grignoter toutes sortes de friandises.

3. Les souris ne sont pas obligées d'aller à l'école.
4. Les souris ne vont jamais chez le dentiste.

5. Les souris peuvent grimper partout où elles le veulent.
6. Les souris ne sentent pas le caca de chien, ce qui les rend bien moins repérables pour les sorcières (même si ça reste possible).

* Euh… miam.

Cinq souris se cachent dans ce dessin. Sauras-tu les retrouver ?

7. Les souris sont d'excellentes acrobates. Si tu ne le crois pas, tu n'as qu'à tourner la page.

Réponses page 154

LA GYM DES SOURIS

Oui, ça existe ! Les souris sont même hyper DOUÉES pour la gym. Comment crois-tu qu'elles grimpent dans des endroits aussi inaccessibles que les greniers ?

Si tu as été transformé en souris par une sorcière, voici quelques exercices d'acrobatie. Adrénaline garantie !

La triple boucle de queue

Tu as besoin de :

- 1 queue très longue
- 1 poignée de porte

Instructions :

Enroule ta queue trois fois autour d'une poignée de porte pour bien sécuriser ta position (ta queue joue le rôle d'une ancre). Tu peux rester suspendu pendant des heures sans inquiétude, tu es solidement arrimé. **Bravo !**

Le lâcher de trapèze

Tu as besoin de

- 1 queue très longue
- 2 poignées de porte

Instructions

Maintenant que tu maîtrises parfaitement la triple boucle de queue, corsons un peu la difficulté… Réalise d'abord une triple boucle, puis balance-toi lentement… aller, retour… de plus en plus haut… encore plus haut… non, plus haut que ça… **VRAIMENT** haut… Voilà ! Maintenant, tu lâches la poignée et tu…

voooooooooooooooooooooles

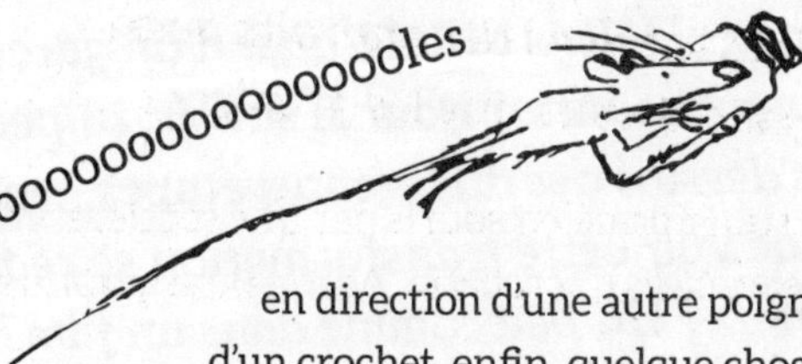

en direction d'une autre poignée ou d'un crochet, enfin, quelque chose à quoi tu puisses te rattraper. Enroule solidement ta queue et salue sous un tonnerre d'applaudissements.

Le grimper de pantalon

Tu as besoin de

- 1 queue qui chatouille
- 1 humain en pantalon

Instructions :

Cette prouesse a en général beaucoup de succès auprès du public. Commence par remonter le long d'une jambe d'humain, puis redescends par l'autre. Voilà, c'est ça. L'humain en pantalon va se mettre à danser. **RIRES** garantis !

FLIPBOOK BIEN FLIPPANT

Que se passe-t-il VRAIMENT quand un garçon se transforme en souris? Pour le savoir, tu peux observer les dessins des différentes étapes... mais que dirais-tu de voir cette transformation se réaliser sous tes yeux? Un peu comme dans un film?

Eh bien, c'est facile, il suffit de créer ton propre flipbook!

Tu as besoin de :

- 7 rectangles de papier de 7 cm sur 10 cm
- 1 crayon à papier ou un stylo
- 1 agrafeuse

Instructions :

1. Recopie chacune des illustrations ci-dessous sur le côté droit de chaque rectangle. Veille à ce que les illustrations soient positionnées exactement au même endroit sur chaque page.
2. Range-les en ordre de 1 à 7 et agrafe-les sur le bord gauche.
3. Maintenant, tourne rapidement les pages, tu verras le garçon se transformer en souris !

BLAGUES LAMENTABLEMENT NULLES

Là, on touche le fond.
Difficile de faire pire...

Qu'est-ce qui est invisible et sent le fromage ?

Un prout de souris.

Quand une souris dit-elle « wouf-wouf » ?

Quand elle apprend une nouvelle langue.

Qu'est-ce qui est gris
et velu à l'intérieur
et blanc à l'extérieur ?

**Un sandwich
à la souris.**

Comment
appelle-t-on une
souris avec une
perruque ?

**Une
chauve-souris.**

Une souris
et un éléphant
courent dans
la savane.
La souris
se retourne et dit :
« T'as vu
la poussière
qu'on fait ? »

COMMENT DÉPISTER UNE SORCIÈRE

« En tout cas, pour les enfants, une véritable sorcière est la plus dangereuse des créatures. Ce qui la rend doublement dangereuse, c'est qu'elle a l'air inoffensive ! »

PETITE **SÉANCE** DE **RÉVISIONS**

STOP !

Oui, toi. Toi qui lis ce livre et te demandes si une barre de chocolat te couperait l'appétit juste avant le dîner (la réponse est oui). Depuis combien de temps as-tu vérifié s'il n'y avait pas une sorcière dans les parages ?

Si cela fait dix minutes ou plus, nous te recommandons fortement de réviser ces cinq points clés, puis d'observer avec attention ton environnement.

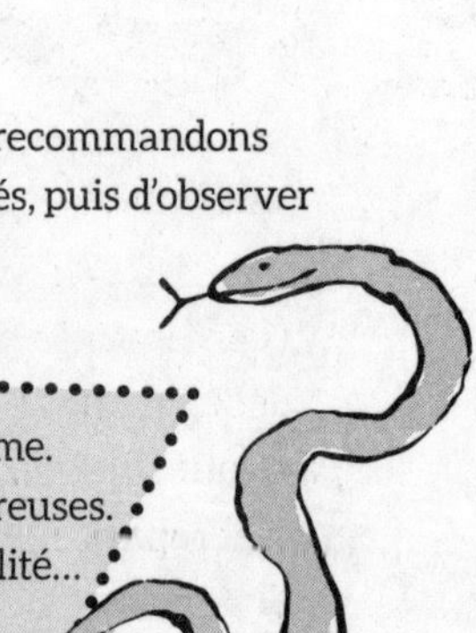

1. Une sorcière est **toujours** une femme.
2. Les sorcières **n'ont pas** l'air dangereuses.
3. Elles portent des perruques top qualité…
4. Des gants…
5. Et des escarpins.

REGARDE PARTOUT AUTOUR DE TOI. Vois-tu quelqu'un qui corresponde à cette description ?

Si oui, **FUIS À TOUTES JAMBES** et ne t'arrête surtout pas (sauf si ton lacet est dénoué. Dans ce cas-là, refais-le vite et repars en courant).

Si personne ne correspond à cette description, continue à lire afin d'être certain de savoir repérer une sorcière avant qu'elle ne t'ait repéré.

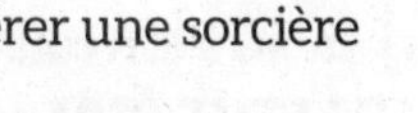

LES SORCIÈRES **NE PORTENT PAS** DE **TONGS**

Il est parfois plus facile de repérer les sorcières à partir de ce qu'elles ne font PAS. Si une chose est sûre, c'est que les sorcières ne portent JAMAIS de tongs. Elles ne le peuvent tout simplement pas.

Réfléchis. Les sorcières n'ont pas d'orteils. Cela signifie qu'elles n'ont pas d'espace entre les orteils pour glisser la petite bride en plastique qui maintient la tong en place.

Donc, si jamais tu vois sur une plage une femme qui porte ses plus beaux escarpins, prends tes jambes à ton cou, parce que **C'EST PEUT-ÊTRE UNE SORCIÈRE**.

Repère aussi les femmes qui :

- Portent des gants en plein été ;
- Sourient aux enfants en serrant les dents ;
- S'aspergent de parfum avant d'entrer dans un magasin de jouets, afin de masquer l'odeur de caca de chien, par exemple ;
- Arborent exactement la même coiffure tous les jours, sans jamais un cheveu de travers.

As-tu d'autres idées à ajouter à cette liste ?

....

....

....

....

....

....

....

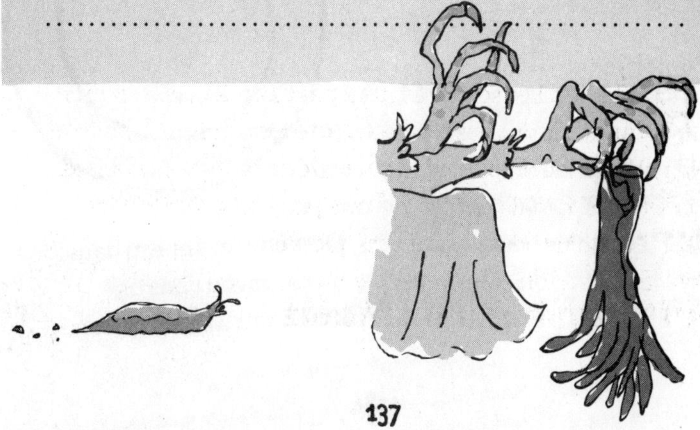

UN CADRE DE SORCIÈRE

Tu as vu ce qu'on a fabriqué ? Un cadre photo spécial sorcière ! En suivant les instructions, tu pourras toi aussi réaliser un cadre orné de gants de sorcière.

Tu as besoin de :
- Une feuille de carton ou une grande assiette en carton
- Des ciseaux
- Plein de feuilles de carton fin, noir ou violet
- Un crayon
- De la peinture (facultatif)
- De la colle
- Un ruban ou de la corde pour l'accrocher

Instructions :

1

Découpe un anneau dans du carton ou dans une grande assiette en carton.

2

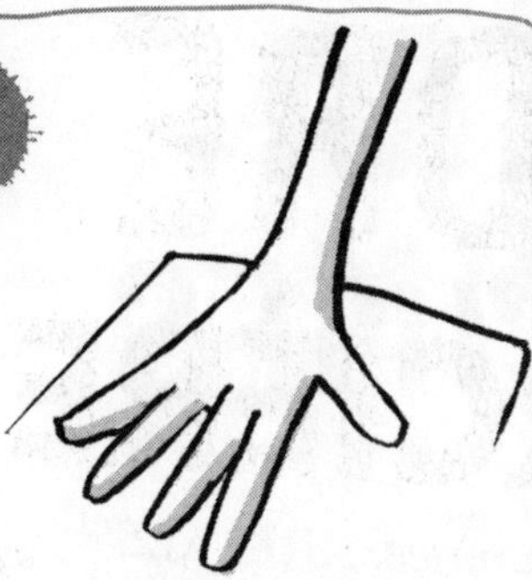

Trace le contour de ta main sur une feuille de carton fin, au moins **seize** fois, afin d'avoir assez de « gants » pour faire le tour du cadre.

3

Découpe les gants avec soin, puis colle-les sur l'anneau en carton en superposant les poignets comme sur le dessin. Si tu veux, tu peux peindre des motifs sur les gants !

4

Noue un ruban ou de la corde en haut du cadre.

5

Dessine ou peins un portrait de **la Grandissime Sorcière**, puis colle-le au dos du cadre.

6

Accroche ton cadre à un endroit où tout le monde le verra. **Surtout** les sorcières.

SORCIÈRA-NAGRAMMES

Voici une série d'anagrammes... SUR LES SORCIÈRES. Sauras-tu retrouver l'ordre des lettres pour faire apparaître des mots que seul un sorcièrologue peut connaître?

1. CARROSSERIE DESMIGNI

2. 86 RUE FLOM

3. ROUSSI

4. BJORN SUNNKEI

5. GENDARMER

6. RÉGALÈRENT

7. DÉCRISPERAS

8. ISABELLE VUE

Réponse : 1. GRANDISSIME SORCIÈRE, 2. FORMULE 86, 3. SOURIS, 4. BRUNO JENKINS, 5. GRAND-MÈRE, 6. ANGLETERRE, 7. PIEDS CARRÉS, 8. SALIVE BLEUE.

UN DÉGUISEMENT PARFAIT

Le meilleur moyen d'échapper à une sorcière est d'en être une !

Nous ne sommes pas en train de te suggérer de devenir une sorcière, bien sûr. Ce serait aller trop loin. Non, c'est bien plus simple de se déguiser…

Grâce aux instructions suivantes, fais-toi **PASSER POUR** une sorcière !

1 Mange un gâteau avec un glaçage bleu. (Il faut qu'il soit bleu, aucune autre couleur ne convient.) Tes dents prendront une jolie teinte bleue, comme les vraies sorcières. Il sera impossible de détecter la différence !

2 Porte des **gants**. N'importe quelle sorte de gants. Tu devrais pouvoir trouver facilement une paire de gants en laine au fond d'un tiroir. À moins que tu n'optes pour de très chics gants de soirée en soie ? L'important est de couvrir tes doigts pour que les sorcières croient que tu caches tes griffes.

3 **Gratte-toi la tête.** Mais pas trop non plus. Tu fais juste semblant d'être une sorcière. Il ne faudrait pas que tes parents s'imaginent que tu as des poux.

4 Porte en permanence un **chapeau** ou un **bonnet** bien enfoncé sur ta tête.

5 Ne retire **JAMAIS** tes chaussures. Jamais. Même chez toi. Même au palais de Buckingham. Sauf, bien sûr, si la reine te hurle de les enlever, auquel cas tu obéis tout de suite. Mais garde tes chaussettes. Comme ça, tu peux faire croire que tu as des pieds carrés.

6 Renifle dès que tu passes à côté d'un enfant, puis grimace. Prends un air vraiment dégoûté, comme si tu venais de sentir du caca de chien. **(Beeeurk.)**

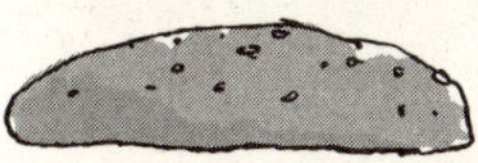

LE GRAND QUIZ DES SORCIÈROLOGUES

Où en sont tes connaissances sur les sorcières? Pour savoir si tu es un bon sorcièrologue, réponds aux questions de ce quiz monstrueusement difficile.

Rappel : toutes les réponses se trouvent dans ce livre.

1 Est-ce que les vraies sorcières…

a) Portent des chapeaux pointus et de grandes capes noires?
b) Se promènent avec un chat noir?
c) Volent sur un balai?
d) Ressemblent à des femmes ordinaires?

2 Que détestent les sorcières?

a) Les choux de Bruxelles
b) Les infos de 10 heures
c) Les enfants
d) La semoule

3 Lequel de ces vêtements doit éveiller tes soupçons ?

a) Un bonnet
b) Une écharpe
c) Une broche en forme d'araignée
d) Un poncho bleu marine

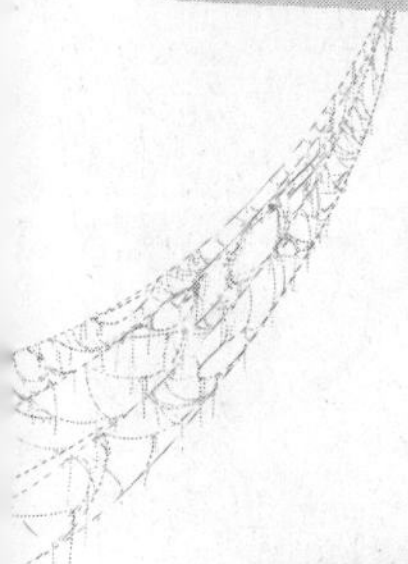

4 De quelle couleur est la salive d'une sorcière ?

a) Violette
b) Bleue
c) Verte
d) Magenta

5 Quel est le nom de l'hôtel où les sorcières tiennent leur congrès annuel ?

a) L'hôtel Smashing
b) L'hôtel Splendid
c) L'hôtel Superb
d) L'hôtel Magnificent

6 Complète la devise des sorcières : *Un tour, deux tours de _ _ _ _ _ _ _ _ _ _, et hop !... plus d'enfant !*

a) Manège
b) Piste
c) Scotch
d) Moulinette

**Hum. Tu n'as pas fini, tu sais.
Le quiz continue à la page suivante !**

PLUS DE QUESTIONS

7 Comment la Grandissime Sorcière cache-t-elle son vrai visage ?

a) Grâce à un sort extrêmement puissant
b) Grâce à une épaisse couche de maquillage pro
c) Grâce à une cagoule noire en laine
d) Grâce à un beau masque

8 Laquelle de ces insultes la Grandissime Sorcière n'emploie PAS ?

a) Détraquée dou ciboulot
b) Stoupide gaffeuse
c) Étourrdie sans cerrvelle
d) Sorrcière aussi sotte

9 Comment la Grandissime Sorcière réagit-elle quand quelqu'un l'agace ?

a) Elle le fait cuire comme une saucisse
b) Elle le fait sauter comme du pop-corn
c) Elle le fait fondre comme un chamallow
d) Elle le fait frire comme une frite

10 Quel est le numéro de la Formule Potion Souris à Retardement utilisée par la Grandissime Sorcière ?

a) 66
b) 76
c) 86
d) 96

11 Qui la Grandissime Sorcière transforme-t-elle en souris lors du congrès annuel ?

a) Mme Jenkins
b) M. Jenkins
c) Grand-père Jenkins
d) Bruno Jenkins

12 Grand-mère a perdu quelque chose. De quoi s'agit-il ?

a) Son sens de l'humour
b) Son pouce
c) Sa carte de bibliothèque
d) Le dernier match de tennis qu'elle a joué

Ce n'est TOUJOURS pas fini. Continue. Tu touches au but ! Le quiz se termine à la page suivante !

ENCORE **PLUS** DE QUESTIONS

13 Autrefois, Grand-mère était…
a) Sorcièrologue
b) Pneumologue
c) Archéologue
d) Catalogue

14 Pour une sorcière, qu'évoque l'odeur des enfants propres ?
a) Une fleur juste éclose
b) Du fromage
c) Les égouts
d) Le caca de chien

15 Où se trouve le quartier général secret de la Grandissime Sorcière ?
a) Au pays de Galles
b) En Norvège
c) En Finlande
d) En Angleterre

16 Où se trouve PRÉCISÉMENT le quartier général secret de la Grandissime Sorcière ?

a) En haut d'une montagne, au-dessus d'un petit village
b) Dans un bungalow de vacances
c) Au dernier étage d'un gratte-ciel
d) Juste en face de chez toi

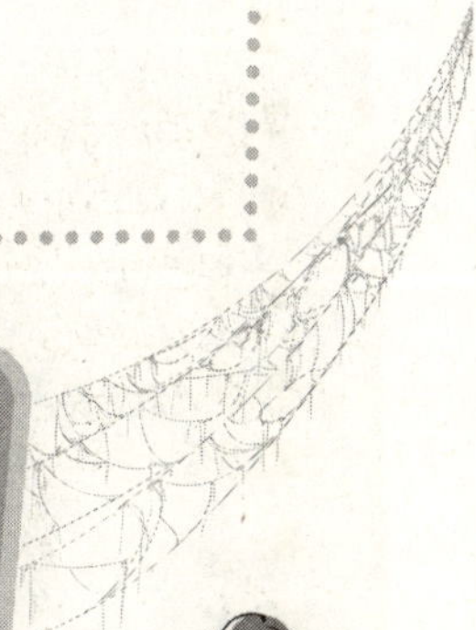

17 Que fabrique la Grandissime Sorcière dans son quartier général secret ?

a) Des sablés aux pépites de chocolat
b) Un satané bazar
c) De l'argent
d) De belles tapisseries

18 Est-ce conseillé de se disputer avec la Grandissime Sorcière ?

a) Non
b) Absolument pas
c) Sous aucun prétexte
d) Jamais

Tu as fini ! HOURRA ! Maintenant, tourne la page pour découvrir ton score.

RÉPONSES DU QUIZ

1. d
2. c
3. a
4. b
5. d
6. d
7. d
8. a
9. d
10. c

11. d
12. b
13. a
14. d
15. b
16. a
17. c
18. Toutes les réponses sont justes !

Quel sorcièrologue es-tu ?

Additionne tes points pour connaître ton niveau !

0-7

Niveau en sorcièrologie : GRAND DÉBUTANT

Hum. C'est mieux que rien. (Sauf si tu as obtenu zéro, c'est-à-dire rien.) Mais on te conseille de faire un peu plus d'efforts. Tu n'as pas envie d'être transformé en souris, si ?

8-15

Niveau en sorcièrologie : UN PEU MIEUX QUE MOYEN

Pas mal. Mais pas génial non plus. Disons qu'on ne se cacherait pas derrière toi si une sorcière était dans les parages.

16-18

Niveau en sorcièrologie : PROMETTEUR

BRAVO ! Tu es en bonne voie pour devenir un sorcièrologue confirmé. Encore quarante-cinq ans d'étude et ça devrait le faire.

RÉPONSES TOP SECRET

Page 60 : Mots mêlés de la Formule 86

Z	C	R	A	B	C	R	O	N	C	H	E	O	Y
B	D	E	C	H	A	V	E	L	O	S	B	E	D
A	J	S	D	F	H	U	J	U	C	D	N	U	B
V	U	B	R	U	X	E	Q	N	H	I	P	F	Z
C	S	I	N	T	V	P	L	S	O	U	R	D	P
R	D	G	O	U	V	E	Z	C	N	B	A	E	B
T	E	L	E	S	C	O	P	E	D	I	R	G	K
W	G	V	C	A	L	S	P	I	E	J	S	R	W
B	R	S	E	U	O	C	X	L	V	O	X	O	E
R	E	N	P	I	P	A	C	U	I	L	O	G	B
C	N	U	R	T	L	I	S	C	N	L	A	N	L
S	O	U	R	I	S	B	R	U	N	E	D	A	A
Q	U	E	U	E	D	E	S	O	U	R	I	S	P
O	I	G	N	O	H	D	A	R	V	U	F	S	I
U	L	C	A	R	M	S	E	W	N	O	P	I	B
B	L	A	B	L	A	P	I	F	O	R	N	E	G
T	E	V	E	N	F	O	R	L	Z	V	I	R	M

Page 90 : Le quartier général secret de la Grandissime Sorcière

Page 118 : Mille milliards de souris

C'est la souris en bas à droite qui a un mouchoir en dentelle attaché à la queue.

p. 125 : Cinq souris cachées

CERTIFICAT D'EXCELLENCE EN DÉPISTAGE DE SORCIÈRES

Tu as réussi ! Tu as appris tout ce qu'il est indispensable de savoir sur les sorcières pour les éviter. Ce certificat te permettra de le prouver.

Le tout, maintenant, c'est de ne pas te *faire prendre*.

Bonne chance !

____

a obtenu

LE CERTIFICAT D'EXCELLENCE EN DÉPISTAGE DE SORCIÈRES

Le ________________

SAIS-TU QUE... ?

ROALD DAHL
SACRÉES SORCIÈRES
Illustré par Quentin Blake
FOLIO JUNIOR

Sacrées sorcières de Roald Dahl…

… est illustré par **Quentin Blake**.

… a été publié pour la première fois en **1983**.

… a remporté le **Children's Book Award** aux Whitbread Awards (aujourd'hui Costa Book Awards).

… a été diffusé à la radio, joué à l'opéra et adapté sur grand écran.

… vient de donner lieu à un tout nouveau **film**, *The Witches*, avec Anne Hathaway dans le rôle de la Grandissime Sorcière.

… contient **plus de 31 000** mots.

L'as-tu déjà lu ?

Le papier de cet ouvrage est composé de fibres naturelles, renouvelables, recyclables et fabriquées à partir de bois provenant de forêts gérées durablement.

Mise en pages : Maryline Gatepaille

Loi n° 49-956 du 16 juillet 1949
sur les publications destinées à la jeunesse
ISBN : 978-2-07-514773-6
Numéro d'édition : 369603
Dépôt légal : octobre 2021

Imprimé en Espagne par Novoprint (Barcelone)